2015华文青年诗人奖获奖诗人

山东青年诗人　臧海英

云南青年诗人　王单单

浙江青年诗人　张巧慧

2015年度《诗探索》华文青年诗人奖评审委员会

评委会主任　谢　冕　北京大学教授、博士生导师、评论家

评　　委　谢　冕　北京大学教授、博士生导师、评论家

吴思敬　首都师范大学教授、《诗探索》理论卷主编、评论家

林　莽　《诗刊》编委、《诗探索》作品卷主编、诗人

商　震　《诗刊》常务副主编、诗人

刘福春　中国社会科学院文学研究所研究员、诗人

张清华　北京师范大学教授、评论家

李少君　《诗刊》副主编、诗人

张洪波　《诗选刊》下半月刊主编、诗人

苏历铭　《诗探索》编委、诗人

学术支持单位

中国当代文学研究会
北京大学中国新诗研究所
首都师范大学中国诗歌研究中心

主办单位　《诗探索》编辑委员会

2015华文青年诗人奖
获奖作品

《诗探索》编辑部 编

中国出版集团
现代出版社

图书在版编目(CIP)数据

2015华文青年诗人奖获奖作品 /《诗探索》编辑部
编. —北京：现代出版社，2016.1

ISBN 978-7-5143-4183-6

Ⅰ. ①2… Ⅱ. ①诗… Ⅲ. ①诗集－中国－当代
Ⅳ. ①I227

中国版本图书馆CIP数据核字(2015)第248864号

2015华文青年诗人奖获奖作品

编　　者	《诗探索》编辑部
责任编辑	庞俭克　曾雪梅
出版发行	现代出版社
地　　址	北京市安定门外安华里504号
邮政编码	100011
电　　话	010-64267325　010-64245264（兼传真）
网　　址	www.1980xd.com
电子邮箱	xiandai@cnpitc.com.cn
印　　刷	三河市国新印装有限公司
开　　本	880 mm×1280 mm　1/32
印　　张	9.5
版　　次	2016年1月第1版　2016年1月第1次印刷
书　　号	ISBN 978-7-5143-4183-6
定　　价	39.80元

目 录

·获奖诗人诗选·

入围青年诗人诗选

获奖诗人诗选

山东青年诗人：臧海英
云南青年诗人：王单单
浙江青年诗人：张巧慧

臧海英作品（十八首）

臧海英，女，1976年1月出生。曾用笔名来小分。山东宁津人，暂居德州。诗作发于《人民文学》《诗刊》《诗歌月刊》《诗选刊》《中国诗歌》《星星》等刊物，入选《2014年中国诗歌精选》《2014中国诗歌年选》等。

我的诗歌历程

写诗，最初是写在纸片上的。

当时我16岁，在县城的服装厂做工。我觉得孤独。与身边的人隔着什么，是什么呢？我终究不知道。在成堆的各色布匹里，我是一块黑布。

"怀着秘密走在人群之中，我感到我与人群的距离。"日记扉页上的这句话，锈迹斑驳。那是一个女孩儿不合时宜的孤独。这种宿命感，在此后远离文字的很多年里，从未离开。

刮风的大街上，什么都在奔跑。我把小纸片们扔出去，上面写着莫名其妙的话，内容记不得了。但我愿意，称它们为"诗"。

看着它们飞走，我盼望着一个和我同样孤独的人，在风中捡到它，读它，然后顺着风，来到我站立的地方对我说："跟我走吧！"我就跟他走。

结果当然是没有人来找我。

我也终究没能写出几首诗来，唯一的就是在《济宁日报》发表过一首四行小诗。

那时候，社会于我，是一个大熔炉，每天都在改造着我，不，是塑造着我。我是惶惑的，一边身处纷杂的城市，一边读书，读书无疑让我与生活保持了一定距离，一些好的东西留在我身上，而社会本身又给了我很多杂质。庆幸的是，天生的胆小让我不敢去触碰很多东西。但这也没阻止我变得非常矛盾，个性混杂，很多时候是撕裂的。

说读书，其实我只有几本世界名著，一本《中外诗歌精选》，一本《顾城诗集》，这几本书，伴随我一下子到了2010年。期间，我没有写下一首诗，在河北的一个村子里活得与世隔绝。那种乡村的生活其实很简单，很自然，我很喜欢，同时也很绝望。

2010年有了电脑，发现一些写诗的博客，就试着写了一些东西。发现好像找回了生命的出口，当现实生活绝望之后，诗歌来到了我面前。就是这样，诗歌于我，最初是作为一个拯救者出现的。

诗歌是无用的。是的，正因为它的无用，诗保持着它的纯粹。我始终认为诗歌是属于黑夜、孤独者，是"黑暗中递过来的灯"。以其独特性和凝聚力高于任何文学形式，又因诗人个我体验的不同，而不可复制。每一首诗都是个我的胎记，诗人让疼痛、孤独都开出花瓣。

敬畏那些青春消逝、依旧热情书写的诗人。因为爱，所以沉湎。当诗歌成为你的呼吸、你的信仰、你的血液，还有什么可以替代的呢？

当我重新面对诗歌时，我是急于书写的。然而技艺上的缺失，让我成为一个喑哑的词，灵感如同昙花一现，幸存下来的香气微乎其微，返回和追溯又常常无果。一方面急于表达；另一方面又枯竭无力，写诗几年，这种啃噬无时无刻不左右着我的书写。

我常常在想，我该怎么写？又该写什么？两个纠结的问题互为纠结。这时候，我的写作就是在一种无知无觉状态中。从自然显现到有意捕获，从无知到自觉的过程，是漫长的。在其中，一个人的诗写体系，在不断地完成，而真正的完成又几乎是不可能的。构建独特语言气质结构的个体诗学，是区别于他人的个我诗写体系，是每个写诗者终生的事业。

一如既往，我喜欢诗歌的异质，那些惊喜的东西让我沉迷。我始终认为变化才是诗歌的源泉，不断走着，怀疑着自己；不断醒来，推翻着自己；不断变化，离开自己。靠近与疏离。我也认为写诗需要不合作，需要冒险，需要破坏，甚至需要尖叫。有什么样的生命就有什么样的诗歌。一个处于水深火热中的人，不可能写出轻飘的文字。反之，一个生活得游刃有余的人，也注定写不出疼痛的诗歌。

回望这几年的写作，我就是在这样一个过程中，在这样一条路上，纠结往复，越走越清晰，或者越走越模糊，越走越远。

诗歌无用，但它给予我的是最大的有用。在我独处的时

臧海英作品

间里，它给我思考，让我重新打量自己的生命，打量这个世界，感受万物，并在无尽的虚空中抓住点什么。抓住点什么呢？其实只是活着的证据，一次次去追寻的，也是活着的证据。

2014年9月，在《人民文学》"新浪潮"栏目发表了17首诗，是我写诗以来发表最多的一次。2015年3月在《诗刊》下半月"发现"栏目发表了9首诗。我想，这些也是诗歌给予我的。感谢诗歌！

诗歌的意义，对于每个人，不尽相同。在这里，浅薄者获取浅薄；名利者获取名利；孤独者，继续收获孤独。而一个以诗抵命，以诗补血者，注定是大众意义上的悲剧角色，但对于个人和诗歌而言，并非如此。诗歌需要决绝，这些人是献祭者，我对这样的诗写者，充满敬畏。如同对诗歌，永远充满敬畏。

我想，我希望在这样一条路上。一直写，努力写，写成什么样，留给上天。

我能做的，是依附于现实的枝条，感受生命给予我的痛彻心扉，写诗。写诗，保持内心和书写的双重真实。

评委评语

动人的是她的坦诚和率真，直抵生命让人感到疼痛的深处。她并不刻意追求深刻，却自然地表现了深刻。她的语言简洁明净。

——谢 冕

她的诗来自心灵的撞击，来自生命的隐秘之处，真诚、自然，充溢着一种博大的爱。她的诗来自生活，却不是对生活现象的照搬，而是透过诗性的巧思，不时给读者以惊喜。

——吴思敬

她对生活和生命情感有切实的体验和认真的思考。她以自己朴素的感悟入诗，情感率真，坦诚，语言清晰，明朗。她是一位具有诗人天分又独具写作个性的诗歌写作者。

——林 莽

忠于内心，坚持自我，对抗虚无，以敬畏抒写宿命。诗中沉重与尖锐的痛感，使字里行间充盈着强大的精神力量，作品及我及物及当下。

——商 震

读臧海英的诗常常会眼前一亮，她的诗语言明朗，有意味也有硬度。写父亲，写母亲，不是泛泛的思念，而是理解、走近和深入。

——刘福春

她的每一句诗都像生活的刀片挥舞，有一种非凡的撕痛感，这让她的诗句读来步步惊心。

——荣　荣

臧海英抓住了诗歌的抒情本质。她的诗源自生命的疼痛，真挚、细腻，在独特的生命体验与生存困顿中，她用诗之柔情与悲悯来抵抗尘世之痛，自有一种动人的力量！

——蓝　野

刀　锋

那些年，你一直活着。
那些年，我一直活在你体内。

头晕，贫血，虚脱——让你筋疲力尽。
弃学，出走，离家——让你难过。

被你孕育着，我怀疑你。
被你抚摸着，我厌恶你。
被你紧抱着，我离开你。

那些年，我一直在你体内
一直站在父亲的一边，反对你。

现在，我的孩子也在反对我
我感受到了，你在我身上感受到的刀锋。

臧海英作品

单身女人

我感到羞愧。
为何不把自己交给一个男人
哪怕他是一道伤疤
一块腐肉
哪怕他是酒鬼，赌徒，家暴实施者。

他们说："不是一个弃妇，就是一个荡妇"
我感到羞愧
哪一个我也做不好。

单身男人投来的目光，像在揭穿谎言
我感到羞愧
我没有这个或那个。

已婚男人要我做他的情人
我感到羞愧
我做不到一会儿拥抱，一会儿装成陌生人。

更多的人避开我，像躲避一场瘟疫

我感到羞愧
为自己的罪孽深重。

洗澡时，看着自己的裸体
我感到羞愧
它那么无知，又无畏。

乞 讨 者

公交站牌下：
她矮小的身体和我一模一样的
她颤抖着伸向路人的手和我一模一样的
她同样颤抖着、蠕动着的嘴唇和我一模一样的
她低下去又抬起来的眼神和我一模一样的
她裹着破旧的棉衣犹豫地、缓慢地穿过冬日的人群和我
一模一样的……
一模一样的。

当她走向我，我迅速地逃开。

她

不要以为她对面空无一物，就是赢者，
和所有人一样，她虚弱，无力，头发越来越少。
不要惊异于她的矛盾，她尽可以左手持刀，
右手向你挥舞柔软的菜心。晚餐
总是在相互切割、撞击和亲吻中完成。
不要理睬嗜睡者与失眠人的争吵，
她是她的手足，她在她的体内，她在她那里消失。
不要被哗哗的翻书声迷惑，她没有学问。
她拿着笔，却不是诗人，她写下的不是这个世界的悲伤，
她只关心自己。不要相信她的眼泪、疼痛和绝望，
即使她解开衣衫，指给你看，看
即使她伸出双手，不要给她什么：面包，纸巾，水……
——她要的，是你的爱情。

战　栗

你走向我的时候，世界越来越远。
所有的门窗都关了，你是惊喜和绝望的总和。

天空和地面，黑夜和白天
是你一点点吃下去的。你一路走，一路丢下空杯子。

我越来越小，你越来越大。
世界都消失的时候，你占有了我。

一个巨大的战栗占有了我
我爱他。爱他唇上惊喜和绝望的总和。

出　城　记

向东走，走到我的母亲

她的睡眠在尘土下，轻如草芥
向南走，走到我的父亲
他异乡的左腿，有老下去的城堡与啜泣
向北走，走到我的儿子
我喜泣世界的源头，这个世界的源头
向西走，走到我的爱人
他大海般低垂的眼眸，向我涂抹更多关于黑的意义

石　　头

埋掉母亲
父亲忽然和我一样了
家只剩下了一间屋子
于是，我们离开了家

在相同的异乡，不同的小城
我们住着别人的房子
睡着单人床
我不知道，父亲的每一天怎样度过
我知道，半夜醒来，父亲
一定有我不知道的悲伤
一定有大于我的悲伤

父亲面前
我的爱情变得微不足道
现在，微不足道也没有了
没有地暖的冬天，让我们异常清醒
现在，我们做着同一件事：撞击
我们拥有了同一块石头：
父亲在汉槐公园，我在黑夜的开发区

我知道，多年之后
当父亲离开我，我还要抱着这块石头
活下去
是的，撞击

臧海英作品

猫

养猫的人已交出利爪。
我看得懂他对阳光的恐惧：瞳孔缩小，脚步迟缓。
恰如我对人群的躲闪。

垃圾箱旁，他仍渴望被认领，被占有
他呼唤他的爱人，孩子，同伴……

我来不及悲伤。

落日烧红的那刻
我于心底发出一声惊呼："黑夜来了。"
当我们同时蹲伏在影子里，我抓不住一只老鼠。
他抓住了，不与我享用。

高墙之上，我想发出一声尖叫。
但他先于我喊了出来。我的身体立刻轻了许多，
我不是猫的主人。

秘密的花纹知道，不停被舔舐的猫脸知道：
我想做强盗。
但我牵着它，喂它。我来不及悲伤。

囚　　徒

我常思索：如何做好一个囚徒
如何让身上的绳子更紧一些。

每次放风回来，我都有新的启示
譬如：拿回一块石头。

"孤独是一种技艺。"绳子说。
为了打一个死结，我日夜揣摩，也磨针。

小窗处传来的断喝，是事件之外
——我没打算放手。

每一天我咽下碗中的食物，确信饥饿的存在。
每一天我走向人群，练习怎样离开他们。

精神病院

每天都在接受很多人的造反。
白昼来了，一些人还在磨刀石上，宁愿
被一粒药片引入歧途：
墙壁里唱歌的人，用我的喉咙唱了一千零一夜。
——还是有人想要杀他
嚼着黑炭写诗的人，指着我的血：
"看，是这样腐朽的黑，鲜活涌动的黑。"

黑夜来了，一些人在刀尖上
发誓要逃离我的肉身：

那个幻听者，有终被选中的狂喜
听见云层上有人走路，就误以为我是敌人
跟我耳语的人，也会分裂成黑白两道
他的笑阻止我的哭，他的恐惧阻止我假装，他的绝望
要冲出我的眼睛。

经过走廊时，又碰到那个散步的人
他怀揣飓风，随时要与我清算
一些死去的东西，也在树下反对我
守着一堆沉默人的骨头，他们指出我的死穴
哦，密谋人就要勒断我的肋骨，引诱我的人在脱衣
脱：外衣，内衣。使劲
脱着我的皮肉。

我知道，我关不住这些没有身体的人，这些
龇牙咧嘴，浴火焚身，狂傲，顽固，一不小心
就自杀身亡的人。迟早有一天，我忍不住了
就把他们全放出来。

羞　　耻

像进入另一个世界

又好像从另一个世界回来。
母亲醒了。眼神陌生，舌头陌生，半个身体
陌生
——它们都不是她的，原来的它们睡着了。

房子里住进了外人
外人闯进了母亲的身体。
她忘了父亲是谁，以为那是她的父亲。
忘了我是谁，"这个讨厌的女人"
忘了家在哪儿。

但名字还是她的。她模糊地说，刘桂青。
但还能像个孩子拘谨地笑。
但没有忘记羞耻。护士插尿管的时候
她满脸惊慌，试图用一只左手，抵挡这来自外界的
窥见与洞穿。

车厢里沉睡的女人

她没有意识到，我在看她。
端详一个镜中的倒影，也需要勇气。

她几乎在梦里了。
丝毫没有意识到，火车驶过时的深刻，和毫不犹豫。

我惊异于风暴过后，那多皱、失去光泽却静谧的果核。
她继续融入在某个地域的泥土，青草汁里。

所幸，粗黑手指帮助她从乱发中惊醒。
干草垛，忽地燃烧起来。

西 大 桥

为了一座某次闲谈中出现的桥
父亲一路向西

桥下奔流的河水
铁臂般的桥栏
宽阔的，伸向远方的桥身
——催促着父亲，一路向西。

直到见到了落日
父亲见到了传说中的西大桥。
"哪里是大桥，分明是一座窄窄的小桥。

桥下没有水，桥上没有人。"

一群老人中间，父亲用手比画着
像唯一一个看见真相的人。

老　　屋

"老屋的院墙倒了。"姐姐电话中说。
"院门呢？"父亲急着问。
"大门没事。"
"那就好。"父亲放下心来
摸了摸贴身口袋里的那把钥匙。
父亲坚信，只要老屋的门还关着，锁还锁着
就没有人会进入老屋
父亲坚信，老屋像汉槐公园的古墓
只要墓主人不张口，别人看见的
就都不是真的。

巢

下午两点，父亲离开他的小屋
带着冷飕飕的身体，穿过马路

汉槐公园里，父亲看着古槐树上的鸟巢
对儿子带暖气的房子，心有余悸

五点，父亲照例回到化肥厂的小屋
说习惯了树梢上的寒冷

一直站在冬天的人，保持着清醒
风一吹，父亲就能听见

地　　理

从乡下来到城里后

父亲迷上了地理。

汉槐路，建设路，胜利街……

不到一个月，父亲走遍了全城

向西，过了津浦线到解放路，农业局

在一条小街上（儿子的单位）

北拐，过一个红绿灯是实验小学（儿子的家）

再向北，文化街一直向东是一中（孙子的学校）

——站在汉槐公园的石头上

父亲指给我看

像指着一张中国地图

差　　别

小城的老人们

不关心土地、种子和收成

他们打牌、下棋，在汉槐公园的树荫下

讨论猫吃鱼的事

父亲悄悄告诉我：

"他们每月有两千多的退休金。"

说完，高兴地和两个老头聊起来

阳光下，父亲和老头们的脸挨得很近
看上去，没有退休金的父亲
和他们没什么两样

我还注意到，和泥土打了一辈子滚儿的父亲
拥有一个干净的袖口

与搓澡女工的对话

在年轻少女的身上，你是否涌起过
类似于青春的潮红？
在年老女人的身上，你又是否涌起过
一阵阵偷盗般的暗喜？
面对她的饱满、多汁和挺拔
她的多皱、干燥和荒凉，你恨，嫉妒，还是悲伤？
因此，你粗暴过或温柔过？

平搓，打圈……
随着污垢纷纷倒地，向我晃动着的依次是：
绷紧的小腹

开始下垂的乳房
一张平静的脸。

一只手，娴熟地绕过我的私处
像早已看过了所有女人的一生。

臧海英作品

王单单作品（十八首）

王单单，本名王丹，云南镇雄人，生于 1982 年 11 月，中国作家协会会员。有诗歌若干发表于《人民文学》《诗刊》《诗选刊》等刊物，并入选多种年度选本。获 2012 年《人民文学》新人奖、2014《诗刊》年度青年诗歌奖等。参加《诗刊》社第 28 届"青春诗会"、海峡两岸青年诗歌座谈会等。

我的诗歌历程

一

2002 年秋天，我离开乌蒙山，负笈哀牢山下。学院里有很多社团，囊括环保、英语、辩论、舞蹈、书法、文学等方面。开学伊始，师哥、师姐们到处拉学弟、学妹入团，以期通过人数壮大自己的社团声威，我就属于被拉入文学社团的那一拨。虽然不事文墨，但我从小学就"好读书，不求甚解"，和文学也算沾点边吧。

我们宿舍有个从高黎贡山上走下来的黑娃，和我同在一个文学社团，他经常写些分行文字发表在校报小刊上，于无声之处动辄抢走女生青睐的眼神。我和其他几位舍友艳羡之余经过一番激烈辩论，得出"才华是男生的通行证"这一正确结论后，愤然擢笔加入到分行写作的队伍中，从此一路向西，读了莎士比亚、纪伯伦、波特莱尔、济慈、聂鲁达、惠特曼等若干外国诗人的作品，并写下了自己的第一首诗歌。这首稚嫩的小诗被贴到学校的文化走廊里，每次路过，我都会心跳加速。

二

毕业后，我又回到乌蒙山，在一所乡村中学任教。那个地方荒僻颓败，封闭落后，方圆几十里找不到一个可以交流的人。我几乎画地为牢，除了偶尔去山上或者峡谷中散步，就只能靠写诗和阅读对抗生活的单调与寂寞。

由于过分迷恋语言的暴力和破坏性带来的快感，我的诗歌曾一度走进旁门左道，从而坠入流派的旋涡以致迷失方向。2008年冬天，在博客上写诗两年后，我认识本县一些优秀的写作者，在与他们的交流中我重新反思自己的诗歌，我的写作才又回归到"诗歌正确"的路上。大约有三年时间，我疯狂地写诗，常闭门不出，甚至通宵达旦，写出诗歌就贴在博客上，不论好坏，也不在乎别人的评价，写作的心态极其单纯和轻松，虽然写了很多拙劣的诗，但也容易产生优质的作品。同时我的阅读重心也开始转向国内现当代诗人的作品，从新月派到朦胧诗到第三代，能读到的涓滴不漏。还记得曾不惜骑七小时摩托车翻山越岭，到邻县的新华书店买书，以餍足自己日益膨胀的阅读欲望。现在看来，那真是一段宁静美好的时光，虽有辛酸，但也幸福。

三

　　谈到我的诗歌，不能绕开死亡这个主题。2011年秋末，我的父亲被诊断出肝癌晚期，这个噩耗犹如晴天霹雳，瞬间将我的世界轰成一片废墟，似乎上帝把所有的悲伤都压到我身上，无助的时候，我抽刀杀水，借酒浇愁。有半年时间我度日如年，眼睁睁看着强壮的父亲日渐消瘦，直到皮包骨头，生命油尽灯枯。死神来临之际，父亲强忍疼痛说："哪里好耍都没有人间好耍啊！"我看见一滴浊泪从他眼角滑向枕边，尽管生活一次次地羞辱他，但他仍然在绝望中对生心存幻想。

　　我含泪背土葬父，内心挤压的痛苦无处哭诉。后来我写了《父亲的外套》《病父记》《祭父稿》《数人》《堆父亲》等诗歌，每写一首都是一次灵魂的罹难，每完成一首我都又拯救了自己一回。

四

　　2012年2月17日中午，我打开博客，看到有人发纸条向我约稿，之前我们素不相识，当得知他是《人民文学》诗歌编辑朱零老师的那一刻，内心的激动与忐忑突然让我拍案而立，经过反复推敲，慎重遴选，我战战兢兢地邮发了30首诗歌给他。这些诗歌被分成两组，即组诗《丁卡琪》和《晚安，镇雄》，分别在2012年《诗刊》第五期"新发现"栏目和《人民文学》

第九期"新浪潮"栏目重点推出,这是我第一次在正规刊物上发表诗歌,在网络上产生了强烈的反响。同年9月我有幸参加了《诗刊》第28届"青春诗会",组诗《晚安,镇雄》也获得2012年度《人民文学》新人奖。这些诗歌并非短期内的一蹴而就,写作跨度至少有三年时间。正如朱零老师在他的编辑手记中所说:"他(王单单)所取得的这些成绩,既偶然,也必然,如果没有平时的积累,即使机会降临到他头上,也会跟他无缘。"

最近,我的组诗《车过高原》获得了2014《诗刊》年度青年诗歌奖。共有10首诗歌,多是从我近两年的作品中精选出来的,刊发在2014年《诗刊》上半月第六期"每月诗星"栏目。我一直坚持以诗歌的方式为亲人呼喊,为故乡塑像。当然,我不是一个优秀的雕塑家,无法按照理想的标准去美化自己的衣胞之地,我的诗歌就像一个透明的玻璃碗,倒扣着故乡和亲人,我希望它能防止词语的尘埃对故乡原貌的遮蔽,也能从不同角度真实地呈现亲人隐秘的无奈与焦虑。

生活逼迫我们走向虚无,只有诗歌命令我们返回。我总认为,写诗是身体内部的劳动,诗歌是说给亲人听的话,无论是语言还是技巧,都必须服从情感的真实。

五

时至今日,我早已年过而立,第一本诗集《山冈诗稿》也将出版,所选诗歌大部分拙成于2010年至2014年间。随着写作的深入与阅读的扩展以及个人经验的丰富,我对诗歌的理解也发生了翻天覆地的变化，为了更加接近自己心中好诗的标准，选稿时小部分诗歌略有改动，与最初发表所呈现的不尽相同。多年的心血，凝聚成这些诗歌，它们像一座座连绵起伏的山冈，踊跃在还乡的路上，供我登高怀旧，怅望故土。

这五年，曾经虚掷时光的狂狷之徒似乎一夜之间醍醐灌顶，懂得人有悲欢，生死无常。壬辰冬末，家父的突然薨殁将我打回原形——骨子里我是一个悲伤的人。有了更多针对生命深层意义的思考，我的诗歌重新返回生活现场，我把命运留给我的痛，分成若干次呻吟。

这五年，我的工作从乡村转移到城市，而家人却天各一方，这种在故乡漂泊的无根感，迫使我在诗歌中建立属于自己的精神家园。显然，我是失败的。生活死水微澜，而我也将一天一天地老去。

这五年，我结了婚，妻子是个温柔贤淑的女人，《山冈诗稿》付梓之际，我们的孩子也将出生。我希望宝贝长大后，能够知道父亲是一个诚实的人。

这就是我的诗歌历程，也是我的生活历程，诗无达诂，一言难尽，就此搁笔吧。

评委评语

他的诗是用家乡和回想铸造起来的，有告别了轻松的沉重感。

——谢 冕

这是一位有深厚的生活积累与创作潜力的诗人，内心的热烈与外表的冷隽构成强烈的反差，善于通过独特的角度从平凡的生活场景中显示内心的孤独与荒芜，其表情方式机智灵动，时有令人叫绝的构思呈现。

——吴思敬

他有过多年对诗歌的学习与研究，他将自己的生活和文化经验适当而放松地体现在诗歌创作中。语言平实，内容宽泛，丰富，体现地域特色，注重诗歌内在的精神性。

——林 莽

他的诗歌有着对生命深层意义的思考，地域性强，情感真实。他在抓住自己的根的同时，以真实感人的细节超越语言和技术，将诗歌的触须深入到生命内部，呈现出一个写作者天生的禀赋和后天的修为。

——商 震

王单单是位有能力的诗人，独特的发现和独特地表达，这些来自大山的诗篇有着山的重量。

——刘福春

王单单的诗充满了生活的戏谑感，他的写作架势里有一种天然独成的才能。读者总能从他的作品中感受到更多阅读快意。

——荣　荣

王单单的诗歌面向现实但又不拘泥于现实，总能发现隐伏在生活中的痛楚与艰难，总能找到属于自己的切入与表达方式，语言朴素、有力，诗行中带着怜悯和感喟，似一位侠骨柔肠的剑客在仰首长啸！

——蓝　野

工厂里的国家

把云南、贵州、四川、山东等地变小
变成小云南、小贵州、小四川、小山东……
这个时代早已学会用省份为卑贱者命名
简单明了。省略姓氏，省略方言
省略骏马秋风塞北，省略杏花春雨江南
如果从每个省、自治区、中央直辖市和特别行政区
分别抽一个农民工放到同一个工厂里
那似乎，这个工厂就拥有一个
穷人组成的小国家

去鸣鹫镇

走的时候，他再三叮嘱
请替我向哀牢山问好
请替我在鸣鹫镇穿街走巷

王单单作品

装本地人，悠闲地活着
请替我再游一遍缘狮洞
借八卦池的水，净心
说到这里，电话突然挂了
我知道，他的喉管里有一座女人的坟
那些年，我们翻出红河学院的围墙
去鸣鹫镇找娜娜——教育系的小师妹
他俩躲着我，在旷野中接吻
在星空下拥抱。每次酒醉
他都会跑来告诉我
娜娜像一只误吞月亮的贝壳
掰开后里面全是白嫩嫩的月光
此时我在鸣鹫镇，他又来电话
让我保密他的去向，让我
不要说出他的沧桑

壬辰年九月九日登山有感

长大后，我就不停地攀爬
从老家的鸡啄山到镇雄最高的噶么大山
从乌蒙山到云南有名的哀牢山
甚至是众神居住的高黎贡山

一次又一次，多么令人失望
我所到达的山巅，天空灰暗
其实，爬了那么多的山
流了那么多的汗，我只想找到
小时候，父亲把我举过头
我看到的那种蓝
那种天空的蓝

自 画 像

大地上漫游，写诗
喝酒以及做梦。假装没死
头发细黄，乱成故乡的草
或者灌木，藏起眼睛
像藏两口枯井，不忍触目
饥渴中找水的嘴。
鼻扁。额平。风能翻越脸庞
一颗虎牙，在队伍中出列
守护呓语或者梦话
摁住生活的真相
身材矮小，有远见
天空坍塌时，想死在最后

住在山里，喜欢看河流
喜欢坐在水边自言自语
有时，也会回城
与一群生病的人喝酒
醉了就在霓虹灯下
癫狂。痴笑。一个人傻。
指着心上的裂痕，告诉路人
"上帝咬坏的，它自个儿缝合了"
遇熟人，打招呼，假笑
似乎还有救。像一滴墨水
淌进白色的禁区，孤独
是他的影子，已经试过了
始终没办法抠除

死亡之树

很多次，它爬上窗台
在我的梦中盛开着黑色的花
穿过林荫，我看见每个人的头上
都戴着这样的花，美得让人心疼
在我家的院子里，有这样一棵树
果子缀满枝头，每一棵都有自己的名字

比如爷爷、奶奶、爸爸、叔叔、哥哥
将来还会有一棵叫王单单
死亡是一棵树，结满我的亲人
这些年，只要风一刮过
总能生出几棵

车过高原

1

汽车穿过羊群，慌乱中撕毁了矮处的黄昏
两排枯木，像别针，把村庄别在高原上
那些树，那些春天的异教徒，在死去的高枝上
悬着黑乎乎的鸟窝，像绝望的革命者举起手雷
企图炸开天空，开辟出一个没有黑夜的宇宙
或者，这些空空的鸟窝就是黑夜的睾丸
它让一只乌鸦，这高原上的寡妇
意乱情迷

2

汽车奔跑在公路上。不知
要绕过多少弯道，才能跑成星光灿烂
跑成晚霞的前生，跑成一束映山红
被谁的双手虔诚地捧到光阴的墓前
这一切，无法预知
汽车奔跑在公路上。

3

黑夜中，汽车是一座奔跑的教堂
承载着我的信仰和欲望
追着车灯，追着一小块光明
忽远，忽近。

4

间或，迎面的光束擦过我的左脸
妖精不在山中修行，爬上卡车副座
与死亡调情，司机摁住喇叭
摁住飞翔带来的快感
那声音，亢奋而又凄厉

5

"天似穹庐，笼盖四野"
月光以我为饵，在水边垂钓自己的影子
我真想把肉身从骨骼上脱下来
去草丛里捧一把泥土，把自己捏成苦行僧
赤脚走过墓场，慈悲如水
为睡着的白骨
洗净来生的痛苦和悲悯

6

穿村过寨，用丝绸裹紧马背上的村姑
我从中原来，喝醉在滇黔边境上的客栈
占山为王，干着杀富济贫的活计
一直这样胡思乱想。不知不觉
地平线勒断黑夜的脖子，山背后
太阳的头颅正被晨曦慢慢提起

夜宿以古镇

风吹着空酒瓶，像哭声
在窗外滚动。我梦见
自己变成一块玻璃
破碎，让我变得锋利
醒来。误把月亮当成
天空的墓碑。死去
让活着变得更加完整
谁见过午夜的以古镇
一条街穿过两边的建筑与寂静
像切开黑暗的一道缝隙
狭窄，但足够我通行

母亲的孤独

家里电话无人接听

或许，她正扛着锄头出门
费了很大的劲，才把身子移出
长满荆棘的篱笆，独自走向
一片旷野，那里
杂草死而复生

过了很久，还是没人接听
或许，她刚回到家
钥匙放在伸手可及的地方
像往常一样，刚进屋
就给墙上的遗像讲述
瓜秧的长势，或者玉米成活的情况

她根本不知道，出门这段时间
遗像里的人，内心着急，试了很多次
都没能走出相框，接听儿子
从远方打回家的电话

二　哥

火车开走后，你瘫在一堆杂物中
蘸着汗水给我和父亲写信。那时

你是一个装卸工，每天都在
搬运自己的命

摩托车才停下，又开走
你像一截绷直的链条
在生活的齿轮上旋转出
濒临断裂的声音。那时
城里人称你为摩的师傅

海园庄的立交桥下
你曾孤独地站着，像半截木桩
对着秋风致敬，周围尘土飞扬
那时，你是一个保安
正为你嗷嗷待哺的孩子值班
我看见过你，但没有喊

在马街，你舔刀口上的血，咸
其实，刀口也在舔你，苦
淡看江湖，走回头路
那时，你无所事事
像一个空心的人，到处
寻找自己的心

很多次，我到昆明
没有去你家，径直到翠湖边

找朋友喝酒。醉了后
就在午夜的翠湖北路上
东倒西歪。那时
你总会适时出现，扶住我
小声说：把路走正

某 某 镇

灌木丛向着城市中心生长，越过铁轨
就可能拦下一辆开往外省的火车，把满山的荒芜
卸在昆明的东郊。某某镇，我的堂哥曾寄居在这里
两间红砖黑瓦的房屋，门口一条污水横流的小巷
人力车经过窗台，在黑夜中寻找到第二条出路
某某镇，我是晚上到达的，第二天早晨便离开
灯光灰暗，堂嫂的背后躲着三个小孩，其中一个
是她妹妹，八岁，笑嘻嘻，喊我一声哥哥就赶紧跑开
十年过去了。某某镇，并非我刻意隐藏晦暗的时光
我真的忘记了这个小地名。昨晚
堂嫂打来电话，说妹妹不在了。妹妹？谁的妹妹？
她必须说起二〇〇三年的某某镇，说起铁轨旁的小房子
说起深邃的巷子，说起老鼠梭干净的泥墙根
说起吸毒者的天堂……

说起她们家老四，脸红嘟嘟的那个
一步一步，竭力让我回忆起死去的人。某某镇
我还是会悲伤，真的。我还是会悲伤
在某某镇，曾有个陌生女孩儿，生下来
叫了我一声哥哥，然后就消逝。

一九八二——

生于一九八二年，破折号指向未知
按照先后顺序，我走过 A 社、B 镇、C 县、D 市、
E 省。壮志未酬，只能回到 F 村、G 镇、H 县等地
安身立命。其间，爱过 I、J、K、L、M 等女人
恨过 N、O、P 等男人，做过 Q、R、S 等工作
写出 T、U、V 等诗歌，流过 W 次泪，喝过 X 斤酒
Y 年以后，时光擦去这些字母，毫无痕迹
一个名叫 Z 的年轻人在纸上写下：
王单单，一九八二——？（卒年不详）
生平事迹无详细记载，悲欢
与爱恨，押解他奔向一个问号。仅此而已。

事件：溺水

苦海无边，回头不是岸
溺水的孩子，踩着云朵
天空端不住他的身体，浮起来
又沉下去。他把水下浸泡的死
捞给岸上的人看。母亲
把儿子的尸体扔进草堆中
从围观的人群中蹿出来
拼了命要下水去，抢回儿子
未曾走远的体温和呼吸
120警报声在水边响起时
老汪正和朋友们在对岸斗地主
平静地扭头看了一眼，说
刚刚都还好好的嘛
然后，随手扔出一只小鬼

王单单作品

祈　祷

终于知道害怕了，敬畏之心
让我学会祈祷。我祈祷
牛栏江的水，能绕道的就绕道
不能绕的，返回天空去
做一朵奔丧的云；我祈祷
龙头山中聚石为徒，听《涅槃经》
懂得什么是佛性；我祈祷
草木有魂，像生长在别处
不要再因恐惧而颤抖；我祈祷
风吹大地，轻一点
不要翻出白银和骨头；我祈祷
打雷不出声，闪电憋住光
雨滴像泪珠一样晶莹
我祈祷，死去的人
重建村庄，仍然做乡亲
生时有仇的，这次
要重归于好。终于知道害怕了
落日裂变成天空的废墟
里面伸出一只

呼救的手

滇中狂想曲

这次我落草为寇，隐身百草岭
积木成屋，窗口向南
能看到，山下的集市
摆着芦笙和唢呐
唱歌的咪依噜，头戴马缨花

这次我削发为僧，六根不净
昙华山中点青灯，睹佛思人
下山化缘时，偷偷在摩崖上
刻她的名字，把恨
刻得像爱一样深

这次我采菊东篱，见枯木
死而不朽，朽而不倒
岁寒，然后知松柏之后调
借山中木叶，吹一曲《梅葛》
替它还魂

这次我饮酒成鬼，囚于大姚堡
黑夜之中写反诗，我歌月徘徊
我舞影凌乱。一个被埋的人
他还没有死；一个死掉的人
他还没有被掩埋

这次我在滇中赶路，找自己
路过姚安府，途经龙华寺
写诗，喝酒，爱陌生女人
再重申一遍，我姓王
真的不是你们所说的
那个姓徐，名叫霞客的人

* 公元 1638 年，旅行家徐霞客曾游历滇中，龙华寺当时的住持和
尚寂空为他敬奉午餐，并留他在后轩歇息。

广德关遇白发老者

若非逃亡，无人愿来广德关
枪声过处，草木瑟缩
绝壁断崖间，冲出一条空荡荡的峡谷
像一柄刀鞘，拔出去的河至今无法收回

一个老人，守着自己的残山剩水
从荒草中抬起头，慢慢向我靠近
他介绍，家住关口上
孤独时，就来沟里走一走
我第一次惊觉
人生苦短，像一个回音
喊出去时，青丝莽莽
回来已是白发苍苍

堆 父 亲

流水的骨骼，雨的肉身
整个冬天，我都在
照着父亲生前的样子
堆一个雪人
堆他的心，堆他的肝
堆他融化之前苦不堪言的一生
如果，我能堆出他的
卑贱、胆怯，以及命中的劫数
我的父亲，他就能复活
并会伸出残损的手
归还我淌过的泪水

但是，我已经没有力气
再痛一回。我怕看见
大风吹散他时
天空中飘着红色的雪

采石场的女人

把日子扔进碎石机
磨成粉，和上新鲜奶水
就能把一个婴孩，喂成
铁石心肠的男人。她
抬着一撮箕沙，重量
是离她十米远的草堆上
婴孩的若干倍。现在
婴孩像一架小小的碎石机
初来人间，已学会把上帝
反锁在天堂，用哭声
敲碎大地的门
但她暂时顾不上这些
她只知道，石头和心一样
都可以弄碎；她只知道
熬过一天，孩子就能

赵家沟纪事

没有事先约定，大家就死在一起
躬身泥土，一个魂喊另一个魂
声音稍大，就把对方吹到石头的背面
最后咽气的人，负责关闭天空的后门
让云彩擦过的蓝，成为今生最后的重
压在头顶。山体滑坡，孩子们
在泥土中喊母亲，她的心口不会再疼
赵家沟的月亮，也不会醒。走得急
刨出的父亲，没能把手里的种子
扔给偷生的人，脸朝黄土背朝天
这次，他们真的做到了
天作孽，不可恕啊
要在山顶上，砌四十六座坟
还原一个只有鬼居住的村庄
我不是赵家沟的人，但是
赵家沟的山，真的埋过我的心

王单单作品

张巧慧作品（十八首）

张巧慧，女，1978 年出生于浙江慈溪。作品散见于《人民文学》《诗刊》《十月》《星星》等文学刊物及年度选本，被多次转载。出版诗集《朔风无辜》《缺席》《走失的蝉衣》。列入浙江省首届青年作家人才库。参加诗刊社第 30 届青春诗会。

谁是这个世界的命名者
——我的诗歌历程

一扇门。窄门。

很多的人经过，听到高墙里的歌声，觉得美好和悲壮，却听不懂他们在唱什么。而我是那个驻足的人。我从歌声中听到了庄严。

我曾经与一位居士有过思辨式的讨论，我说："庄严是美的一部分。"他说："美是庄严的一部分。"我强调对美的直接感受力，他强调精神能见度和使命感。写诗的缘起，关乎美与庄严。

1. 每个人都怀揣光源

第一本诗集《朔风无辜》，我在后记中写道："我是我的旁观者，诗歌是我的眼睛，令我在俗世生活中保持深度的清醒和浪漫主义。我至少把自己分成两个，一个陷于庸常，另一个执守着理想主义的傲骨。这两人不时会有冲突，诗歌便是自我劝慰的一种方式。"

仅是入门，我就用了五六年时间。从散文到诗歌，走过误区，总担心没有交代清楚，语言偏向散文化。这样纠结了一年多。2008 年在杭州买到韩作荣老师的《诗歌讲稿》，细细读了两遍，对方法论有所体会。人民文学出版社出过一套诗集，中国现代诗歌早期的流派基本都有，翻了一遍，大致了解了现代诗歌的脉络，心里略有了谱。

写诗跟学书法一样，临帖要先会读帖，读懂了才知道何为好的。读而通，写而达，得掌握一定技法。读了不少《人民文学》获奖诗歌：雷平阳、张执浩、古马、刘立云、桑克等。几个书柜都是诗集，有些版本已买不到，便找复印件。又搜索了活跃在当代一线的诗人：林莽、商震、马新朝、荣荣、王小妮、大解、苏历铭、汤养宗、陈先发、蓝蓝……博客时代提供给初学者更多便捷。读到一首好诗，是件惬意的事。去年读到《三十位诗人的十年》，都是华文青年诗人奖获奖作者的自选作品，很是惊艳。同时开始涉猎外国诗歌，也是满满一书柜。

通过阅读和练习，完成了我的入门仪式。胡弦曾说诗人是神选中的人，我有幸手持钥匙。作为一个敏感女性，我惯于从日

张巧慧 作品

常生活中提炼诗意，白樱是诗，洗衣做饭亦能入诗，单位隔壁红十字医院那个垂死的病人，亦是诗。但它所映照的仅是我的个人体验。这细弱的声音，如同雏鸟的鸣叫，尖细而不稳定，偶有清音。这种抒情基本是个人化的，代表我写诗历程的第一阶段。

2. 她的美，有被毁的痕迹

2013年浙江省作协组织的某次研讨会上，商震先生给我指出要注意审美的宽度。宽度，他仿佛一下子把一种使命感交付于我。诗歌不仅是反映个人存在，更有其思想、诗学、美学和历史上的意义和理由。

显然我不是一开始就意识到使命的。扎加耶夫斯基有诗："试着赞美这遭毁损的世界。"（或译成"尝试赞美这残缺的世界"）不可否认，每个人都经历了毁损与重建，我们所处的时代加强了这种感受。前不久在北京"宁波青年诗群研讨会"上，我谈到"失去和重建是'70后'集中面对的"。失去故乡是一大主题，不仅是物质层面的，更是精神层面的。我们童年的母校都已被拆迁或整合。母校作为思想启蒙和传授知识的象征载体。"你还有母校吗？"也可视作对精神世界的质疑和辨认。假如说"返乡而不至"是一个隐喻，那么"返校而不至"是这个隐喻形而上的部分。

在这样的断裂、觉醒、维护与重建之间，诗人们要承担起应有的责任。从横向来看，是对整个当下的观照和深入；从纵向来看，是个人化历史想象力的生成并且交代一代人的来处和出路。我们要处理的不仅是内心的汹涌，要表达的不仅是疼痛和苦难，更需要完成本时代的诗歌美学定位和精神秩序的重建。

更大的格局，须有相应的自身素养为对应。功夫在诗外，我试图通过多方位的补给来完善自己的知识结构。除了读各种书，包括历史、地理、哲学等，还得经历。阎安和宗仁发就多次提到江南文化的绵软，建议我去祖国的西北汲取不同的力量。古人云读万卷书行万里路，思接千载视通万里，都是有道理的。

《与大江书》组诗可视为一次尝试。去年随浙江省作协参与钱塘江采风创作活动，一条大江对文明的发轫之功不容小觑。实地考察还原一条江的悲剧性，而想象开启了对已逝之物的灵视，个人的内心世界与外在世界获得了对应。万物皆可入诗，我仿佛从暗室中推门而出，立体的世界迎面而来。更多的素材进入诗歌文本，悲剧成为精神性的祭台，我试图做这样的尝试：叙事的结构，冷抒情的质地，在向下和及物之上做知性的提升。我的声音渐渐趋于中性，这是一个"人"发出的声音，而不再局限于"女人"。

在这样的基础之上，反思自己的写作有一定启悟。"江南多才子"有时是贬义的，嘲讽了江南文化整体性的绵软。北方素有文化优越感，而我们也确实过多地继承了南方的母性血统。但其实江南是有质地的。比如新安江水电站工程，近三十万人背井离乡，山川、河流、每一个物种都遭遇了变故。这种悲壮和巨大的疼痛感砌入到山河的骨骼之中。在历史坐标系中，审视一场浩大的人为断流中"人"的角色，除了"我们"，还有大自然、宇宙、不可知的神灵，人类不是万物的尺度，触发我关于叙述主体意识的扩延以及写作身份的反省。

每一方水土都有各自的历史、苦难与成全。前几日读聂

张巧慧 作品

权的《下午茶》，想到白居易的《轻肥》："是岁江南旱，衢州人食人。"遥远温热的南方并没有得到历史优待，对于苦难江南具有强大的自我修复、自我消解能力，今日之繁华掩盖了昔日之悲壮。作为土生土长的江南女子，江南是我的文化母系，垂直向下，往自身的故土寻找更有质地的来处，有冲动对江南气质的完整性和文化偏见做一个表态和发言。

文明传承有其神秘的符号，河姆渡遗址、良渚文化，尤其是跨湖桥遗址，记录着海侵的风刀霜剑。在衢江荷花芯遗址，我捡到一角精致的汉代墓碑并带回家。人性与生死，也是每个诗人必须直面和回答的问题。我看到此时此刻我的镜像，死亡像对立面一样矗立起来，而江南的历史和文明成为浩大的背景。

历史、地理、文化、哲学、时间……多重介入，打开了写作视野。第二本诗集《缺席》列入诗刊第30届青春诗会丛书，或能视作第二阶段的小结。可惜限囿于自身的浅薄和理想主义，我的内心不够强大而不忍"撕开带血泪的绷带"，这种局限使诗歌调子显得过于统一而无法给出更有力的答复。惭愧未能完成商震先生传递给我的使命。

3. 谁是这个世界的命名者

去年我在扬州郊外的高旻寺，曾与一个小沙弥有过争论。那个年轻的僧人指着门口的柱子说："假如师父说这是香蕉，就叫香蕉。"当时我很不服气，一向反感唯权威是从的理论。在这个争论过程中，看出捆绑我的首先是既有经验，而后是个人主义。但后来我明白了，这个师父是开悟的大师。那么这既可以是柱子，也可以是香蕉，也可以是其他一切命名。谁是这个世界的命名者？很多时候，我们被自身所遮蔽，而诗人，就是拨开遮蔽，透过平庸的认知去发现、去重新命名的人。

提这件事是因为在我心中，诗性与神性具有某种一致性。第三个阶段，将是一段开悟的历程。观、世、音、感、觉、悟。我想接近文学的终极秘密，但并不着急。海南国际诗歌节时，与李元胜有过交谈。这个热衷于拍摄花草和昆虫的诗人说："希望接下来的写作，能是你的代表作——它们只能用诗句表现，无法用散文小说电影重述，它们更陌生，逼迫你放弃如今正用着的熟练技巧。"他直接把创造制式、提高个人辨识度的问题放到我的面前，并告诉我接下来会更难。

假如说商震传递给我的使命是诗歌对庞大的承担，是介入式的；那么李元胜给我的使命，是诗人对语言本身的贡献。它不再是依靠经验可以解决，恰恰它可能拒绝经验，它不是回归，而是深度介入之后的出来。

这种机缘可遇而不可求。我开始阅读更多诗歌理论方面的书，弗里德里希、谢冕、吴思敬、陈超、刘福春……然而我是悲观的。又许久未写诗，我甚至以为自己能放下了。直到那天读到江非的《额尔古纳逢霍俊明》："你、真理，和我／我们三个——说些什么／／大雪封住江山／大雪又洗劫史册／／岁月／大于泪水／寂寞／如祖国"，我的眼眶霎时温热！

是的，我曾经与一个居士有过一次思辨。我说，庄严是美的一部分；他说，美是庄严的一部分。引我入门的是瞬间打动我的美；而庄严，指向的是高度，是令人肃然起敬、令人甘愿奉献持续追寻甚至舍身而往的，如今击中我的，是诗歌的庄严。

评委评语

她的诗睿智而长于思辨，她能赋予普通事像以深刻的理喻。

——谢 冕

这是一位善于用江南女子纤细的笔触抒写内心感悟的诗人。她对诗有着深刻的理解并进行了多方面的探索，力图在灵与肉、心与物、主观与客观的冲突中，让内心的光源照亮自己。

——吴思敬

她以细微的笔法抒写现实生活，她对生活和艺术有着较为全面的观察和体验。她的诗歌中融入了其他艺术的情愫，内容充实，多样，语言平易，舒缓，在细微处见功夫。

——林 莽

张巧慧是一个敏感的诗人，懂得以一种缓和、节制的姿态抒写个人情感体验。她的诗歌是小桥流水，细浪涟漪，舒缓沉静；有时也是悬崖瀑布，有着奋不顾身的奔泻。

——商 震

张巧慧的诗富于启示性。敏锐的艺术感觉在日常的生活中不断地发现诗意，生存的沉思展现了内心世界的丰富。

——刘福春

　　她的诗中有一种思考之重，这让她的诗区别于许多诗歌能被读者记住。但她的诗意又是灵动的，开阔的，她能将每个沉重的主题表达得日常，有时甚至漫不经心，这是她驾重就轻的艺术表现天赋的很好体现。

——荣　荣

　　张巧慧是一位善于发现日常景象中画意与诗情的诗人。诗作自然流动，情感真挚。纤细的艺术感觉，使她的诗中常有灵动夺目的光亮。委婉而机智，纯朴而有力度，使诗歌呈现出一种醇和的人性之美。

——蓝　野

张巧慧作品

每个人都怀揣光源

"黑夜里走进黑屋子，你能否看到
我的眼睛？"父亲忽然这样问我。
他眼中的光一闪而过。屋子里，所有
暗的物体，都亮了一下。
这个一辈子与泥土打交道的人发出一声响动

黑夜，黑屋子。每个人都怀揣光源。
但有的眼睛，因为不懂得
把自身的光引出来，而长久与黑暗混为一体

与大江书

对一条江的描述，总是意犹未尽
有时候爱，有时候爱恨交加

成江于积累，成湖于拦截

成瀑于落差，成海于坚持、接纳与敞开

清，浊，她不拒绝，不辩解，慢慢强大

——她用一辈子向下的流淌，

成全万物对美与光的渴望

因为放松，它成为风；因为流动，

成为舟；因为付出，成为流域内的万物。

——上善若水，她曾经历蜕变，

穿过绷紧的高压电线

水草和水族都懂得隐忍之美。你如何

还不肯放弃固体的形状，

完成苦难与人生的水乳交融

我是这样一个懦弱的人啊，

既渴望流动与辽阔，又渴望靠岸

而大江东去，并不为我所动

杜泽老镇的不速之客

他把火烧旺

他把铁器——陈列

开山的，凿石的
割麦的，除草的
一把铁器似乎总与动词有关
紧跟而来的是破开、真相与疼痛

铁匠铺对面是箍桶铺
被一根铁圈或者铜圈箍住的桶
没有裂缝。它们很新
木匠的双脚埋在一堆木屑里

也许天生就是可疑之人，铁匠铺的狗
兀自在身后叫个不停
要怎样保持警惕，才不困于自身的矛盾
庸常的黄昏，正无可挽回地
介入一个孤军作战的人

辗转于一场美的被毁

有时她是突然而至的忏悔——

爱女人一样爱乌溪江，爱她的
清澈与湿润；爱母亲一样爱铜山湖，
爱她的黯淡、苦难与含辛茹苦

在杜泽镇，一个老人抱着一个孩子
他们望着我，两双眼睛望着我
他眼中的透明是钱江的一部分
他的浑浊也是
镇上的人们已习惯用井取水，偶有
七十多岁的老人，想起一公里外的铜山湖
还试图用方言描述曾经的那种甜

给不幸以更多实笔，一个有良知的人
无法不描述黑暗。我被唤醒的那一截
这世上被毁损的美都包含深沉的慈悲
用蹚过浑水的脚走近她，安慰她
并向她致敬
——多少人和她一样
心还在上游，身体却不断往下

张巧慧作品

飞　翔

清晨，我偷听了两只鸽子的谈话
"我要飞翔，飞到白云之上——"
"你要先适应这逼仄的屋檐，才会慢慢丰满翅膀。"
它们筑巢在我的窗台，却每天打算着离开
晨光明媚，它们从不曾怀疑飞翔的意义
每一次扑腾，都会加快窗外的风速
让人类的两腋也微微生风
我收集着一只幼鸟的羽毛
这些不属于我的羽毛像柔软的内脏
我的心口发烫
我有翅膀，却早已合上

蜕

有些空壳，必得放下，

为自身的生长解除束缚

请在羽化之前向低处交还盔甲
体轻，中空，易碎。生命高飞
蝉蜕还保持着爬行的姿态

我曾遭遇一条蛇蜕
圆筒形，似蛇，有光泽；但压扁而皱缩，
它寄居其中的勇猛已经起身离去

（也许天生就携带障碍，我
尝到了局限）
要怎样相逼，才能把蜷缩其中的骨骼
撑开来
——我正在酝酿一次蜕变

养 蚕 者

有人养狮，有人饲虎，有人
一生防着花斑青蛇
与养着的这些猛兽，对峙，僵持
一分为二的人，一半化作虎

一半为虎所啖。大部分人，做了一辈子饲养员
到底只在心中学一两声怒吼

我是个养蚕人，多么
柔软啊。它长一圈儿
我就蜕一层皮。腹中的苦水
千丝万缕。吐丝，做茧
蚕食空了。它不顾一切化成蝶，飞出
自己的坟墓
现在，我像一个孤零零的空囊
飘荡在尘土中

向　　下

她顺从地躺下，往低处
她顺从地收起棱角，按河道的意思
改变自身的形状。
暴雨未来之前，谁也看不出潜伏的波涛
和暗处的漩涡

你有成熟的种子，而我已没有
生机勃勃的土地

水土流失，我的体内，越来越狭窄
却还供奉着宽阔

像一条无名的河流，挟带着泥沙、石块、
泡沫、碎冰，以及垃圾
在下一次暴雨之前韬光养晦
一条令人争议的河流
已没什么值得荣耀，但我依然愿意
以仅剩的温柔，滋润更低处的人

一块石头如何在水上飞

一块石头如何在水上飞行？
孩子们从小练习这样的本领。薄而平，
斜着身子，短暂的助跑。一块石头在水上飞
沉重的石头飞起来

成年人不再玩这样的游戏。他们低头走着
忽然发狠似的踢一块石头
咚的一声，就像沉重的自身
让石头沉入水底

父亲忙着拆除自己

给父亲送盒饭，看见他
正在砌墙。断砖，水泥。他灰扑扑的，

工地那头儿，拆除的房子裸露着大梁
推土机轰隆隆地，开过来
我听到什么轰然倒塌
父亲一边吞咽，一边含糊地说：
前天，推土机推倒了一个人，死了
居然没有多少血

几千年无非如此。毁损
更为容易，而废墟比庙宇多；

大吊车垂下来，父亲站在一堆断砖前
仿佛正在拆除的废墟

挣扎只是一瞬间的事

落日正在下沉，而十八层之上的窗户
开着。

很久才传来一声惊呼。
其实什么也没有发生

一个憔悴的妇女，走过又折回
往陶瓷碗里扔进一枚硬币。

他抬头，正迎上她逼迫的影子
黑而模糊。"一定有匿名的火山藏在你的怀里"
"但我尚未找到一种容器。"

我冷眼旁观，望着自己给自己的施舍
咽下更多的火焰

身后的落日又一次跌入平静的暮色
多少不肯放弃的追逐，最后都草草了事

病　理

虚火太旺，阴阳失调
我常处在进退两难的维谷

冬日里装满的一罐雪
只剩下一小半水
不需要沸腾，它们已成功逃匿
骨气都尽，刚健不闻
我不动声色。任村西那个老太
装神弄鬼。有冷却，有融化，
曾经太美，太洁白

住在体内的那个人，像一片雪
敏感于外界的温寒。中药在火上煎熬，
动物有血，植物有苦汁。
算命者的胡诌
越来越接近于真。对生活怀抱不臣之心的人，
最后败于流年

夜 太 黑

灯火全无。我在黑暗中
扫地、洗碗、叠衣服，习惯了摸索

多少暗室求物的人，毕生没逢到一盏灯
却不知何以如此？

只有光阴知道不药而愈的秘方
我怀揣不治之症，与病共存多年

那个口口声声说不需要光亮的人
坐在黑暗中
看起来像一根白骨

杀鱼始末

她从来不敢这样，拿起刀子
对准一条活着的鱼

那条蹦着的鱼，离了水的鱼
一条惊恐的鱼

相濡以沫，不如相忘于江湖
她摸摸胸口挣扎的那条，她怕

这一刀下去，疼痛的血腥
永远洗不干净

泥　　胎

二十岁时，我自认怀揣美玉

三十岁时，我自认怀揣石头
四十岁时，我自认怀揣沙子

沙子流尽，只剩下泥
还有比这更可怕的事吗？眼睁睁看着
自己变成浊物
心中的神，也面目全非

空，是最大的容器

一张方子，半世疾病。蝉衣。背上的裂缝。
惊心动魄的挣扎。我曾用一个空壳
成全生命对高处的渴望

"治外感所袭之音哑：净蝉蜕二钱；
……水壶泡之代茶饮。
一日音响二日音清三日痊愈。"

蝉蜕两钱。它是空的，空是最大的容器
相对于鸣叫而言，它淡定
有放下的顿悟，甘于永久的不语
安放我死去的无形之物

六月活着，而五月死了。
它还是一味药。试图让某人恢复嗓音。

我并不因此而羞耻

是一个池子越积越深，
是池子里的淤泥不再轻易浮出水面

"人到中年，我只想
安安静静，做更好的自己。"

午后孤寂，偶尔我跟自己玩个游戏
将电线拖入水中，慢慢煮着池塘
气泡一个个冒出来，前赴后继，像无数嘴巴
吐气，诉压抑之苦。我捞起一个，空了
又捞起一个，还是空的。美丽的空洞之物
只剩下浮萍

水落石出，你该提着头颅与我相见
与我，隔着沸腾的水。
"曾经我是电，如今

我是绝缘体。"
但跳下去，我还是那么决绝

不完美的越来越多

当年置的那套白玉碗又打碎了一个。
她在日记中写道：婚姻，
仿佛猫有九条命
姨父死了，姨母剩了半边
她捡起一块碎瓷对着月亮比画
仿佛要把月亮切成一片一片
人们热衷于庆祝中秋，却没有人承认
月亮一直是圆的
是我们自身挡住了光
不完美的越来越多，陷于自身的囹圄
把自我遮蔽

张巧慧 作品

入围青年诗人诗选

七勺作品

　　七勺，原名廖莲婷，1989 年出生于广西，现居上海。华东师范大学文学硕士在读。作品见《诗刊》《星星》《青年文学》等刊物，多次获全国性诗歌大奖。

女 演 员

她老了。下垂的乳房像松弛的晚年
只剩下一些年轻时的画像
现在她要忘记这一切
在自己的命里安静下来

她双肩裸露，整夜在空旷的地板上
旋转，和画像里的女人跳舞
优美的音乐在幽闭的空间里回荡

作为自己最后的仆人，她解开裙带
雪花便从身体里飘了出来，现在
她正忘记这一切。用黎明
新鲜的死，覆盖自己雪白的裸体

无法命名的人

她喊我，面孔和灯影交替
她坐在我身旁，却从不嘘寒问暖

她深爱着我，却无法选择
是嫁给我，还是我的影子

她和我，进行一场长久的练习
从别人的语言，到自己的语言
从一个自己，到另一个自己

不断有人，在夜晚中央等着我
一阵风，吹着两场雨

总有某个早晨，喝下水的隐秘
一群鸟中的一只，不断站在锋利的树尖
还有一只，回忆群鸟的飞翔

总有一些光线在窗前

扒下那掩护的发黄的窗帘

白昼在她手指清晰地来临
不断褪下夜色这件空空的外衣

丫丫作品

　　丫丫，女，原名陆燕姜，广东潮州人。作品发表于《人民文学》《花城》等刊物。入选多种诗歌选本。出版诗集《变奏》《骨瓷的暗语》。

伪 写 真

技术性的失误
木头椅子再次长出银耳
甜腻的外表总与坚硬的质地
格格不入

体内的罂粟已过叛逆期
她近似一个隐形人
在特定的灯光下，打着手势
镜头一次次入侵。重复的排练让试探变得无效

有几次
她被瞬间闪烁的强光砸伤了鳍
像一只，无辜的鱼
徒有光滑的脊背

她的衣着越来越性感
身子越来越瘦弱
而孤独
越来越臃肿

她始终与生育她的时代
保持一倍半的焦距
仿佛那么远，又那么近
仿佛那么真实，又那么虚拟

白　月　亮

我不想叫醒她
停歇在红色的塔楼顶尖
她的轻鼾，触手可及

羽翼晶亮丰满
眼神隐匿，而神秘
她从这个世纪，拂过那个世纪

很多次，我径直撞上
她的呼吸。撞上她
汹涌的沉默。哀伤的白月亮哟

你徒有光洁的肤体，火做的心
光影错叠的年代

谁用真面目，喂养你的凝视？

亲亲的白月亮
不戴面具的处女之身
大地无解的谜语

唯独你，才配做我
——发光的墓碑

三米深作品

　　三米深，原名林雯霞，1982 年生于福建福州，作品见于《人民文学》《诗刊》等百余种刊物，入选多种选本，参加《诗刊》社第 28 届"青春诗会"，著有诗集《天桥上的乐队》。

父亲的翅膀

父亲将翅膀亲手交给了我
这是我父亲的父亲
留给他的，父亲说这副翅膀
已经流传了上千年了
父亲说，我们的祖先可能会飞

这是一副制作精美的翅膀
翅膀上刻着家族的姓氏
却没有告诉我们飞翔的方法
从我懂事起，父亲
就一直在黑夜里偷偷尝试起飞

我们的祖先可能是一只鸟
拥有自由而广阔的天空
也可能只是囚禁在大地上的人
用尽一生的力量
挣脱脚下沉重的镣铐

他们背着翅膀，在人群中奔跑

不怕被人说成疯子
他们不惜从悬崖飞身而下
摔得粉身碎骨，他们的心中
都有一双折不断的翅膀

父亲说，我们的身后
或许也有一双翅膀，虽然我们
看不见也摸不着它
但总有一个声音提醒着我们
有生之年，不要忘记飞翔

番　鸭　店

又一只番鸭被送上了断头台
它被勒住了脖子，拼命地挣扎
一刀下去，放了血
断了气，翅膀再无力抵抗
然后在滚烫的开水中
被扒了个精光，开了膛
破了肚，不过几分钟的时间
又一只番鸭从笼子里被抓了出来
其他的鸭子跟着慌乱起来

但它们找不到出口
逃离不出这一地鸭毛的集中营
下一刀会落在谁脖子上
谁也说不准，当菜刀举起
我看见一群鸭子伸长了脖子
争相朝案板的方向涌去
铁笼子后的隔离木板
挡住了它们的视线
它们看不见刑场上的惨状
但它们感知得到，在刀锋切断
喉管的一瞬，几乎同时
囚笼里恢复了平静
鸭脖子几乎同时缩了回去
它们开始散开，继续坐等着死亡
快过年了，它们被关到一起
等待屠杀，它们眼睁睁
看着同伴赤身裸体地
被陌生人带走，眼看快过年了
一笼子的番鸭过完了一生
老板说，今年生意不错
都杀不过来了，要来一只吗？

王丽枫作品

　　王丽枫，1976 年出生于福鼎市，作品散见《诗刊》《星星》《诗歌月刊》等。出版个人散文、诗歌集《站离原地的舞蹈》。

乌鸦飞来，我换妆

黑，有时是光芒，相对于黑暗
譬如乌鸦，它却让我惊喜

整个黎明安然不动，什么都是静止的
你们听到了婴儿的哭声
甚至是墙上的钟表，蹒跚的步伐

可我是另一个我，新的一天
你们不敢打赌谁的身体属于这个时代
乌鸦的呐喊从未停止
正如我的伤疤，愈合，新生

乌鸦飞来，我换妆
你们可以不信我是人间最后一位
天使

敬　意

所有来到我身边的事物
我对它们都充满敬意
不断地消耗自己
有一天，我不再需要这副皮囊

我的仇恨已被流水冲走
那曾经有过的敌视的目光
已如干果，独自爆裂

我躺在世间流传的一个声音里
"钟声所去的地方，钟表
并不知道，但是
钟表保留着时间的敬意"

王孝稽作品

　　王孝稽，男，1975年出生，中国作家协会会员，浙江文学院签约作家。出版诗集《南方叙事》《休假书》等。曾入围第五届闻一多诗歌奖和2013年度华文青年诗人奖。

致 谢 云

身为同乡人，先生
我们之间隔着两代人的千山万水
看着你迷人的鸟虫篆，像看着万水千山的你
丛林深处落满发芽的词，屈曲如虫
字鸟同飞，心口贴向腹地，谈起家乡——
临近黄昏的梦，醒在浙南
一条蜿蜒的山路上，逝去的日子隐约闪现
年轻的东海，依旧波澜壮阔
鹤顶山的杜鹃，开过一遍又一遍
唯独袅袅上升的炊烟，永远消失在高空
另一端，在你的心尖上打结
思念很远，在那里，度过童年的赤贫
和老屋的旧时光
如今，家乡人像春天的花朵
一茬又一茬，开在你的鸟虫篆间
岁月静好，看着你，满脸藏起多少岁月
沉思和思念，纠缠你一生
晚辈无心闯入你的星空，窃听你的鸟鸣
先生，请你忘掉，童年和家乡

这对发芽的词，不知会长出什么样的恶疾
笔的呼号，无比沉闷，你书写的挽歌
已经献给家乡，两位诗人
虫豸、天堂鸟和云树云草，来到他们中间
——横阳江畔，无比瓦蓝的天空
两颗对峙的星星，就是刘德吾和高崎
在月亮的村庄上谈论诗歌，他们不再孤单
先生，今夜一双仁慈之手，递给我
一片月光和两颗星星的光芒

风　　事

风后是什么？
是暖，暗流涌动
是蚂蚁爬上身，关节酸痛
是沙堆，从这头移到那头
是地理学，穿透或抵达事物内部
是修辞，文笔生风，还是……

我说风马牛不相及，不可信
风有轻风、柔风，耳边风、床头风，杀风、飓风
风是一张老脸。吹皱风俗，挂在老妪脸上

风是兄弟。让爱疯过后，互相残杀
风是风事。75米每秒风速，像一列动车驶过
子弹头，残骸，掩埋故乡芦苇荡里
佛说，这不是风的罪过

风休憩，藏在哪里
风追赶，如何越峰
菲律宾海燕，只是一对温柔的翅膀
一直向西北，直至穿透我的胸膛
风后，万事慢了下来
风说，这不是佛的智慧

王孝稽作品

王志国作品

王志国，藏族，1977 年出生于四川省阿坝藏族羌族自治州。诗作发表于《人民文学》《诗刊》等刊物，入选多种选本和获奖。

微　凉

夜空中唯一遮蔽不了的
是星光。头上举着露水，在沉寂的旷野
荒草手挽手被风一夜间腾出的一线亮白
是秋霜。头顶的苍穹，浮云疏朗
群星簇拥的大地上，那一盏盏酥油灯
摇曳的光芒，是慈悲
彻夜修持的僧人，佛经低诵，心如止水
那空旷的静夜里萦绕的，是一个俗人的悲伤
三两声狗吠，马厩里偶尔的一次马的响鼻
星光笼罩的夜空，这一座人神共敬的村庄
是诗人的故乡。尘埃垂落，秋露成霜
微风吹拂的山冈，唯一不被众生拒绝的
是这轻薄的寒凉，像母亲
在为遗世的孩子添衣加裳

落在夜晚的雪

一场雪悄无生息地落了下来
落进了夜晚的村庄
纷纷扬扬，慢慢掩去了村庄的模样

唯有村口李财旺家的灯火
那么耀眼，像一个人流泪的眼睛

鞭炮声中惊醒的村庄
所有的雪都化了，大地干干净净
唯有李财旺家门口，白雪堆积
身穿孝服的人，正在从远方向这里聚集

为他的娘奔丧……
所有的亲人都红着双眼
李财旺在人群中穿梭，这个八岁的孩子
从此孤独，像一朵无助的雪花
经历这一夜的疼痛
他的娘，也就从他稚嫩的眼睛里
流着泪融化了

王彦山作品

　　王彦山，1983 年生，山东邹城人，现居江西。诗歌发表在《诗刊》《中国作家》《钟山》等刊物，入选多个选本。参加诗刊社第 30 届"青春诗会"，出版诗集《一江水》。

晚　　读

雨后新晴，一个城市的肺呼出更多的
风轻和天高，那电路板样运行的城市
越是繁忙，越是荒凉，我从一个摄像头
黑洞洞的视线里走出来，又步入
下一双屏幕前坐着的眼睛里，不如
在国家机器的瞩目下，一直走进山里，看
富与贵，驾着同一朵浮云
降落在山的腹地，云再起时，且进一杯茶
把世道人心杀杀青，滤掉浮世的白沫
一朵从不打卡的云，把单位的指纹
按在西山，南山开始下雨
那蝉翼般一直裂到天边的釉，天青色落在
杯中，一只倦极了的鸟飞过，又遁入苍茫

声 声 慢

这个地球真可哀
走到哪，哪都是摄像头
黑漆漆的，像一个政党伸出的黑手套
冷不丁，就射出一管冷枪，不如去望山
可用了天眼近视眼老花眼看
看也看不到的山，显然是天外来物

让时间慢到一头牛的胃里
可声声慢的车轱辘上坐的
已不是诸子，老子挎着庄子的大鸟
坐进一架飞机，升至
一个高不可问的云深处，企图问鼎
人神共居的高度，可一下子进入外太空
再也没有回到地球表面

整个四月用来下雨
是不够的，但用来爱一个人
却显得富余，这速食的爱情小面包
你想吃就吃吧，这加速度的跑鞋

你想穿就穿吧，跑出国家的地心引力
才长出一双适合行走的脚
往身后看，正是你逼仄的足迹
才让你的前路变得辽阔

王琰作品

　　王琰，女，70 年代生于甘肃甘南。中国作协会员，鲁迅文学院第 24 期高研班学员。出版著作《格桑梅朵》等多部，作品在《诗刊》《星星》等刊物发表，并收入各种选集。曾获甘肃省黄河文学奖一等奖等奖项。

毛藏寺

寺院清新
像是刚从露水里生长出来
僧人在门口刷牙
诵经声干净而嘹亮

插箭的人在黎明之前赶往山顶
只一瞬就走出了我的视线
每一面白色崖壁
似乎都隐藏着一尊高耸的佛像

毛藏草原

1

包头巾的女子

正忙着把白昼翻晒成酸奶酪
她的额头
黝黑发亮，高过了这个正午

2

羊肠小道笔画单调
岩石上书写有前世箴言
红衣喇嘛念诵超度经文
夏季辽阔

马匹在阳光下野合
草木生长
生灵繁衍
我记录下原本简简单单的事情
我种下青稞
并且，耐心等待着酿造成青稞酒

3

一头驴子
竖着耳朵逆光站立
一群蚂蚁
占领了一只蘑菇

羊草、大针茅、小叶锦鸡儿、紫花苜蓿、
芨芨草、冷蒿、歪头菜
牧草七雄的天空
云是高高飘扬的经幡

一匹马在奔跑中将尾巴甩成直线
晨曦如同喷射的牛乳
挤奶的姑娘手腕戴着彩色璎珞
名字叫卓玛还是央宗

木木作品

　　木木，女，浙江台州人。中国作家协会会员，入选首批浙江省青年作家人才库。作品散见于《诗刊》《文学报》《十月》等省内外报刊杂志。出版诗集《木木诗选》等三部。

那一年，我坐在月亮上

那一年，我剑走偏锋
我走到了边缘
我抛弃了——
浸泡在忌恨、怨妒、阴谋中的人类
我独自坐在月亮上，月亮
挂在山巅上

那一年，山林里逃窜着流言蜚语
鼠虫狼狈勾肩搭背，占山为王
白天和黑夜颠倒，是非颠倒
真假颠倒，善恶颠倒
茂密的丛林里闷得透不过气来
狮王含泪，梅花鹿远走他乡
我来到了月亮上

那一年，我抛弃了人类
我独自坐在月亮上
月亮挂在山巅上
月亮是洁白的

对春天的一次总结

钉子。锥子。两行河流
时常涨起。濡湿五分之三的黑夜
三朵幸福，八瓣疼痛
在风来风去中。患得患失
辗转反侧

岁月。可长，可短
第五个春天，知天命
青草，再怎么努力
也成不了爱情长跑里的勇士
花事繁忙！花团锦簇
终究是虚晃一枪

春天已落幕。一切
都还是原来的样子
散淡、平常、粗糙

只不过心多了一道皱褶
一些沧桑

木郎作品

　　木郎，原名杨勇，苗族，1985 年生于贵州织金，现居贵阳；有诗作发表于《山花》《诗歌月刊》等，部分被收录于《2014中国最佳诗歌》等选本；实验民刊《走火》发起人之一。

写给自己的信

木兄，我们已有二十多年没见了吧？
众鸟南飞，一棵落单的白蜡
留下了风的形状。你知道此物喜光
喜肥潮之土。噢，我差点忘记
它对霜冻过敏，只能
见诸平原或河谷——这多像你
生性喜好飞翔，而今恪守一日三餐
每天只能被秩序安排，你如此
囚自己于陶器到底为何？在脐带剪断之时
我们已被分类、归档。深夜酒醒
被孤独翻阅，一种前所未有的悲凉
自根部升起——要穿过多少洞穴
方能找到比喻的子宫？一棵白蜡在风中振翅
声音必会招来众鸟的忌妒
木兄，是时候了！雨水会痛饮我们

π

在这本书上，一加一是等于二的
二乘二也等于四；当然
有时可能也会出错：你不能责怪
我把圆形画成方形，我不相信的定理太多
因而常在深夜饮酒。在所有规则中
我喜欢四则运算但
我讨厌除法。我讨厌无限不循环小数

玉珍作品

玉珍,90后，女，湖南人。作品见《人民文学》《诗刊》《读诗》等，获第六届张坚诗歌奖年度新锐奖，第一届人民文学诗歌奖诗歌新锐奖。入选多个年度选本。

杀鱼的人

杀鱼的人刀法伶俐，动作游刃有余
他的刀在案板上剁着，这种力量
赋予他成为更优秀刽子手的资质。
忙碌让他得意，并得心应手应用着一技之长
鱼的冷血让他愈发冷血。
每一天，他笑脸迎来各条街买鱼人，
手嘴不停，笑容重复麻木
割肉，收钱，找钱，割肉，收钱，找钱
无数的鱼完整或肢解，落入食肉之口
他每天要杀无数的鱼，在他手下的刀俎和鱼肉
经手腕一动，就成为花花绿绿的人民币和丰满生活
他显得好快乐，他杀鱼杀得好快乐。
每次我路过那里就能看到千篇一律屠杀的场景
他总是那样
脸上沾着血，擦都不擦一下

清　晨

我渴望美与伤痛的协调
玫瑰与荆棘，懂得相敬如宾

准备好白润的牛奶，
滴入栀子叶上新鲜的露珠
准备好将木桶装入初阳，
秋千上挂着藤萝花。

我认为活着万物美好而生命
将如我一样善良
爱情，这神圣的事物
需要耐心与天真，我几乎看见
在最远的地方，站着最近的你

而我必将相信，美与痛对立着永恒
一天就要开始了
这新鲜让你永不老去

玉珍作品

田暖作品

　　田暖，女，本名田晓琳。1976 年生于山东临沂。中国作协会员，曾参加诗刊社第 29 届"青春诗会"。诗歌见于《诗刊》《扬子江》等，入选多类年选；主要代表作有诗剧《隐身人的小剧场》、诗集《如果暖》，诗合集《我们的美人时代》等。曾获第四届中国红高粱诗歌奖等。

星 星 草

梦到大水，梦到大水冲了龙王庙
梦到绵羊，绵羊脱了缰绳

醒来，惊坐
抽刀
断水
都没有阻止那场突来的横祸
除了痛哭流涕，除了一屁股抵命的债
就是天作屋顶
一个女人蜷缩在马路牙上，抱着她的孩子
一夜又一夜
数天上闪烁不定的星星
数一片曙光诞生的黎明

生死课程

小时候我常常趴在坟坡上
拔那些又鲜又高的草，这是羊们的美食
直到有一天母亲告诉我
这些草如此繁茂的秘密，从此我开始恐惧
大地上这些草绿色的乳房
仿佛来自另一种令人叫喊的力量
那个黄昏，我看到父亲站在平房顶上
一铲铲把麦子堆得像他刚埋了
死于鼠疫的姑夫的那种形状
也许是突然的心悸，他那么迫不及待将它铲开
又堆成一座屋脊一样的环形山，绵延着
死撑着，慢慢降落下来的黑夜
之后，他长久地瘫坐在星空之下
直到冬天，父亲才像刚学会走路的孩子
从同样的病患中逃生
但大奶奶、五婶和三嫂都没有逃过那瓶敌敌畏
磨沟里能推醒二更鸡的
我奶奶也一饮而尽，用一辈子配制的砒霜和酒的生活
接着是我姥姥、爷爷、大爷、大娘、大舅

还有年纪轻轻的表姐夫，他们的一生
都是在非命或恶疾里，一天天走向死的
我们并不像上天那样完整，亲爱的人
我知道你今天正在鉴定
另一枝玫瑰的消亡，而我坐在这里
除了写一首尚无结案的诗
只有坟上的青草，还在风里鲜茂如初地摇

吉尔作品

　　吉尔，女，本名黄凤莲。作品见于《诗刊》《星星》《诗选刊》等报刊杂志，并入选多种年度选本。在国内各期刊发表诗歌300余首。参加中国作协诗刊社第30届"青春诗会"，出版诗集《世界知道我们》。

世界知道我们

我走出墙壁，我退回墙壁
从职场到拥挤的早市，我看到
纷杂、混乱、言不由衷，从一副面具
到另一副面具
为了打折的柴薪，身体像吸足水的海绵

世界原谅我们的影子，它原谅
肉体的罪恶，空气中的虚设和妄想
"世界知道我们的阴谋"
它知道
骨头的穷沿着锁骨向上爬，直到嘴

三十二年后，在一寸一寸缩短的光阴里
我渴望成功出逃，渴望夜无白昼
而世界知道我们：
昼伏夜出的生灵，舌尖上的火焰和冰刃
……我拉上窗帘，世界也知道
我房间的太阳

越来越像我的母亲

我越来越像我的母亲
对着阳光打盹，在晾衣绳上抚平绸缎

河流、琼枝玉叶都在我的身体里
我的母亲也回到了我的身体
我们打盹，摊开双手
那是北方的雪花

看不到酒馆禁闭的红漆大门
丰收的乡亲
咀嚼着油炸花生米。从这里经过
丢下啤酒瓶。咣当一声
又俯身捡起
我眯着眼睛看他们，就像阳光眯着眼睛看我
这些走近生活深处的人
当我这样想
我就越来越像我的母亲

老四作品

  老四，原名吴永强，1985 年 4 月出生，山东临沂人，作品散见《人民文学》《诗刊》《诗选刊》等，入选多种选本，出版长篇小说《后大学时代》。曾参加第二届"新浪潮"诗会，获 2014"紫金·人民文学之星"诗歌佳作奖。

秦岭道上

抛弃一个省
邂逅一个省
遭遇另一个省
半小时之内，我游离在三省交界处

把这个村庄交给四川
那个山头扔给重庆
脚旁的小河随手赠予陕西
我手握重兵
三千汉字可轻取汉中
可越秦岭
在高速路上评点山川
把乱侃的嘴巴封为万户侯
把三省草民唤作良民

这是昨日的山河
我的心里只有一个山村
村旁的小河，一座茅屋
给我三个省我也

不放弃任何一个伸懒腰的早晨

一 个 人

一个人喝酒，一个人抽烟
一个人摆龙门阵
小屋腼腆，亲朋无一字
一个人摆弄钟表上的刻度
一个人睡觉，代替十个人回到梦乡
一个人回到过去
一个人写下诗行，约谈十个自残的土匪
在文字里持刀远行
这么多年我只是一个人
一个人坐公交车，车上空无一人
一个人上班，单位空无一人
一个人赴酒局，宴席上空无一人
一个人在人山人海，人山人海里空无一人

尘轩作品

尘轩，本名谭广超，生于 1988 年，吉林松原人。作品散见于《诗选刊》《作家》《诗歌月刊》《诗林》等期刊，入选多个选本。著有诗集《左手村庄 右手爱人》、诗书画作品集《谭广超诗书画作品选》。

向厚皈依

这个城市的四季，炊烟统一的薄
从雨水走到冰，我滑向每一个黄昏
让那些乡愁，从空下来的烟囱里
钻出来，在空气里飘

无处安放地，任由它飘成一种虚无
一种暗，在时间里深陷向晚
我不用转过身，灯火就可变得很厚
穿在，城市冰凉的身体上

和故里一朵朵绽开的，不太一样
不够昏黄、缓慢、节约、分散
不能让每一个窗口，都容易记得
也不能亮起，足以怀旧的心

在这冬天，我让自己穿得厚重
我深知，在乡下与亲友穿厚棉衣的时光
已薄成一张相片，边缘很是锋利
把残存的记忆，切得粉碎

我还会回到乡野，在故乡冬天的怀里周游
穿着故土的情谊，走在人群中间
在此之前我还要提防，以免自己薄成一块饼干

尘轩作品

看似坚硬，但不够结实
走在街面上，我能听见的乡音也很稀薄
我怀疑，是被人群拥挤的结果
那些挤薄了的，终会被嘈杂声遮掩
在趋于骨感的时刻，我有一个打算
想把自己叠成行李，在天亮前上路
带上那些薄，向厚皈依

明日有雪

天气预报说明日有雪，大雪
和子夜的月光一样厚，和鹅毛有关
下雪是常事，我却不常头顶大雪在外面走
通常是外面下雪，我在屋里看书
雪在外面遍找冷，我在书里寻觅暖
感觉雪和我，在干着两件不同的事
我偶尔走到窗户前，对比冷暖的厚度
雪，却不曾踏入我的门庭

雪，也让世界看起来很空无
白茫茫一片，像什么也没有发生
像一道不太容易解答的填空题

我没走过去，只因还未找到答案
雪，让世界看起来很干净
像一块刮好底料的画布
我提前在屋子里，琢磨填满它的方式
——需用温暖把人间再画一遍

雪下过后，我不常出去走动
在城市里，雪很容易变薄
很容易化成雨的体态，不再是初抵妆容
越来越觉得，雪是雨水的葬礼
它该凉着，该孤独、傲岸、冰冷
不该像我这样温暖下去，该冷得伤悲
让那些在它上面行走的人，泪流满面

期待下雪的人，心野早已皑皑
内心世界，早已掩盖在空白之下
不像是一种预言，却像是一种幽默
它很冷，需要任何人慢慢适应
而一年中最冷的时节，似乎没有到来
雪，不得不接受暖
我，不得不避开冷
雪和我，都将成为被生活融化的祭奠品

轩作品

吕政保作品

　　吕政保，中国作家协会会员，诗歌在《人民日报》等120余家报刊发表。出版诗集《红哨楼》《金色课堂》、长篇小说《守卡人生》。获第三届"昆仑文艺奖"、第八届"五个一工程"优秀文化作品奖、第五届甘肃黄河文学奖。

打工的表妹回家了

打工的表妹回家了
很华丽地回家了
回家就把低矮的老屋拆了
盖了栋很大很气派的楼房
把哥哥的媳妇娶进了楼房
把年迈的父母接进了楼房
再把家里所有的欠款都轻轻拿掉了

表妹三年前去深圳打工
表妹是以处女之身健健康康去深圳打工
三年后回家了
三年打工打回了一栋很大很气派的楼房
还有一笔剩款
留着给父母养老送终
算女儿尽的最后一点孝心

那栋华丽的楼房
表妹自己只留了一间
小小的一间

她给了乡亲们一个很风光的正面
隐藏了打工生涯的切肤之痛
她带回了没法收拾的下身
她只要了楼房小小的一间
在那里等待向她走近的坟茔

一个很平静的日子
表妹亲手打开了
她的坟茔
她坚信坟茔里的干净
这次，我可爱的表妹真地回家了

这种爱情

她总在你的梦里
你习惯了
梦便成你下班后回到的温暖的家
你不会告诉她
她走过太多的地方
当然也际遇过太多的人
多好啊，她没有走出你的梦
梦里

只有蝶舞燕飞
只有你们俩如影随形
和两心相悦的亲

当然你不会知道
她粉色的梦里
总出现你殷勤的身影
出现你有力的臂膀
滚热的唇
她也不会告诉你
梦里的风情

你很称职地做着丈夫
她也幸福地撕着每页日历
没有谁去告诉对方
只期待
彼此按时回到梦里
像回到家
升袅袅炊烟

吕政保作品

朱夏妮作品

朱夏妮，女，2000 年 5 月出生在新疆，诗作入选《2009-2010 中国新诗年鉴》等多个选本。作品发表于《诗刊》、台湾《创世纪》、香港《明报》等。出版诗集《初二七班》和《第四节课》。

手　机

（2013 年 2 月 3 日，命题）

发热
黑色屏幕上有汗
组成的小小水珠
被袖子抹掉
发烫
我的脸变红
摸着它
像小时候发烧
妈妈把手摸在我的额头上
闷热

137 朱夏妮作品

哀 悼 会

（2013 年 1 月 30 日，星期三。哎）

天是混杂的颜色
这里有彩色半透明的塑料纸
包裹的黄色的花
带着大颗粒的水珠
在每个跪凳的边上
出入会发出声音
是头发蹭到衣服的声音
装圣水的塑料瓶盖上
有一个小洞
有人不小心把圣水洒在自己脚上
神父读经用轻轻的声音
哄孩子睡觉

向迅作品

　　向迅，土家族，中国作家协会会员，诗歌作品散见于《诗刊》《星星》等刊物。入选多种选本。出版《谁还能衣锦还乡》（中国作协 2013 年度"21 世纪文学之星丛书）等三部著作。曾获全国鲁藜诗歌奖、全国孙犁散文奖等文学奖项。

鸽群随笔

鸽子飞过的天空，在这个黄昏铺满了云朵
一块未经雕琢的大理石桌面
挤满了土豆的田野。我也想到了
被鹅卵石清洗得清且浅的河床
春天已有身孕，谈吐间一派母亲气象
可我在下班途中，并未误入美的泥泞之道
市政大楼的屋顶上，鸽群云集
鸣叫声繁过凋谢的迎春花和盛开的雨点
隔了一条宽阔的马路，隔了一座人民公园
隔了一个漫长的黄昏，它们依然没有消失
我无法破译它们集会的主题
但决不是为《共产党宣言》而争相发表演讲
无数次从这条路上经过
今天始才羡慕它们，这些热爱自由的家伙
视斑马线和戒备森严的保安亭为无物
出入市政大楼也无须出示身份证
即使吵翻了天，在屋顶上拉满了粪便
也不会出现红袖章。在一丛杜鹃花前
在嘈杂的鸽鸣声中，我忍不住停下脚步

凝视祖国的这个迷人的黄昏
鲸鱼在天上翻动，蝙蝠滑过湖面
为了你，哪怕我落得声名狼藉也在所不惜
只要你是自由的。只要你是自尊的
只要你——是——我——的——祖——国——
我忽然惊醒，除了爱，什么也不会留下
除了你，我仍一贫如洗
写诗的人呀，生活在幸福之中是多么不幸
那些生病的句子，不能替你疗伤

春夜随笔

今夜的星空我一言难尽。古老的叙述者
讲述着古老的故事，那轮新月
犹似第一次在人间升起
篝火遥远地燃烧，孤独那么清晰明亮
比骨头还干净的地方
除了种植理想，还容得下什么
我在小区的红砖石路上
看见很多新鲜事物，不知是它们
正从大地上徐徐上升，还是正从天空缓缓沉降
与我一湖之隔的小山

此刻独坐不语。春天已在怀中发育良好
更为辽阔的山河在它身后起伏无尽
几声隐约的狗吠，如同并不确定的往事
散发着油菜花金黄的酒香
我无数次沿着一条宽阔的马路
目送过暮年的太阳。涂满落霞的平野尽头
就是我告诉过你的天边
迄今为止，除了蝴蝶、浪漫的野花
我不知道还有谁到达过那里
我徘徊着想起北方的另一个星空
清江中游灯火扑闪的小镇
那些辗转迁徙的来时路
在这个晚上向我全部打开
我曾举起右手对信仰庄严宣誓
举起心对故乡庄严宣誓
举起爱对你庄严宣誓。可是在很多国家
祖国只是被流放者背在身上
今夜的星空啊我一言难尽
远方的大河它睡着了

向晚作品

　　向晚，1993 年生于安徽亳州。作品在《星星》等期刊发表数百首（篇）。入选多个年度选本。多次获得全国诗歌奖项。著有长诗《虫鸣集》等多部。参加《人民文学》第三届"新浪潮"诗会。

溺 水 者

着急的一生，活着。如同坐在旧亭前
看彼此交换的日出
像李煜，像昌耀？不如说
像劫后余生的台灯立在一米开外
如此陌生。时至今日你仍觉得自己是一个溺水者
阳光是一种奢侈品，就像暴露
的饥饿，食物是另一种诱惑，哦——
该是有些遗憾的
像秋后的蝉鸣（或不曾来过）
一种声音在耳朵沉浮：徒劳挣扎而已
是的。只是一种本能的挣扎，或自沉于孤苦之中

饥 饿 书

虫鸣在你的颠倒的日夜中逐渐隐去

仿佛整个八月你都在船上
浑浑噩噩
或者，临渴时——
你才想到掘井。而那种诱惑
像猛虎越过山崖时的一个虎啸在你的胃中

灯灯作品

灯灯，女，现居湖北武汉。作品发表于多种诗刊，入选多个选本。曾获《诗选刊》年度中国先锋诗歌奖、第四届叶红女性诗歌奖、第二届中国红高粱诗歌奖、第二十一届柔刚诗歌奖新人奖等，参加诗刊社第28届"青春诗会"。出版个人诗集《我说嗯》。

猛虎和蔷薇

我愿你走近我时，阳光移开虎纹栅栏
尖锐的牙齿
世界呈现出最初
温柔的样子。——
我愿我就是温柔。温柔地看着你
走近，看见你喉咙里的深渊——
我愿我就是这痛苦的深渊，我愿我
就是痛苦本身，温柔地
等待我
走近，纵身一跃——

什么，都来不及发生。

我的男人

黄昏了，我的男人带着桉树的气息回来。
黄昏，雨水在窗前透亮
我的男人，一片桉树叶一样找到家门。

一年之中，有三分之一的时光
我的男人，在家中度过
他回来只做三件事——

把我变成他的妻子、母亲和女儿。

江红霞作品

　　江红霞，女，出生于 1975 年 12 月，山东青岛人，诗歌散见于《诗刊》《诗选刊》等刊物，并入选多个选本。参加山东省第八届青年作家高研班。入围红高粱诗歌奖、华文青年诗人奖等。

河床渐渐升高

河床渐渐升高，草绿一点点
抬头，像苏醒的蝼蚁
从雾霾出走的城市正在学习忏悔
悲伤的风，沿着楼前经过

用笔墨种植的杜鹃花
需要浇水，施肥
斗室挟持旷野，三月漂染四季
丛林从来不是繁花似锦

杂草丛生的青春渐趋荒芜
如这片土地流失的承诺
有人面无表情地走过，有人捧起
尘土，有人举刀对准伤痕
我依然把沙漠看成
草原，你说这是自欺欺人

河床渐渐升高，是否会影响
河流入海。哑了一年的风信子

今天又轻声说话了
不再沉默的角落用明亮的事物对抗夜色
青山遗像挂在墙上
杜鹃花爬满山坡
爬成火，爬成河，把我淹没

吃 樱 桃

在乌衣巷的天空下
我给未来开出的支票
印了半个山坡的樱桃
大写的红把世界缩成樱桃的形状
踩着一片片绿叶挑逗生命的走向
青杏的害羞封堵了时间的出口
蔷薇的多情翻墙而过，目光迎向
马扎上的老妇人
老人的脸是浓缩了的山河
冲淡了所有我看到的颜色
如果余下的日子构成一笔交易
我必须紧跟一滴水
从大海体内出发
游到大山的脚心

沿着大山的血脉到达其头顶
和天空说一会儿悄悄话儿
然后抚摸着大山的毛发顺流而下
注入土地和我的字里行间
承兑这笔交易的
是那些尽情的哭和笑
它们注定要路过乌衣巷的初夏
像针一样扎进泥土的预言

池沫树作品

池沫树，原名周云方，1980 年生于江西宜丰。作品散见于《诗刊》《儿童文学》等，曾获冰心儿童文学新作奖大奖、美国新语丝文学奖等。出版诗集《穿裙子的云》。

钟　表　厂

我在一家钟表厂打工
钟表厂没有休息日
因为时间在走，生活没有停止
工作就没有停止

我把自己的生活装配在流水线上
分中餐和晚餐，把早餐用来小睡
晚上加班到十点，我把钟表的时间调到十二点

我有一颗纯净而充满梦想的心，像产品一样五彩纷呈
我们生产墨西哥国旗、美国国旗、英国国旗，还有花鸟图
彩虹图、城堡图、熊吃鱼图，它们圆形而漂亮
像许多女工的脸，她们不说话
时间在走。有的到了美国，有的到了英国，有的不知去了哪
"反正是外国，听主管说都是出口的。"小芳说着
一不小心把一根头发留在了钟表里
"外国佬肯定知道这是一个女孩子的头发"

不知谁说了一声，小芳红着脸，当晚她说着梦话：

池沫树作品

"我们的生活，也要像钟表一样组装，把幸福、快乐
把爱、青春、未来一起像钟表一样转动起来，那该多好
只是，我听说，外国会有时差，这边白天，那边是黑夜——"

在工业区里走过一段菜园

在工业区里走过一段菜园
从工厂，穿过厚街大道
走过南丫村的两个工业区
和一个不大不小的被河流隔断的
村落

在村落五六层楼房相望的一块土地上
在宽阔的空间低处，有两条
被篱笆围绕的水泥路
是我每天上班有意绕走的田园之路
这里有一丛丛绿意盎然的
丝瓜、南瓜、豆角、白菜
几棵灌木和香蕉树
还有三株金黄的向日葵

一些不知名的藤状野草

池沫树作品

随着夏天已经在路边铺展开来
顺便，开上几朵小花

在风中，我能闻到草叶的清新和
一个打工妹擦肩而过的淡淡的花香

远望东江边的高楼
我常常忘了
一处低矮民房里轰鸣的机器声

孙立本作品

孙立本，1980 年 5 月生，甘肃岷县人。诗作散见于《人民文学》《诗刊》《星星》等，入选多个选本。获《报告文学》首届"希望杯"中国文学创作新人奖；甘肃省第四届、第五届黄河文学奖等。现主编民刊《轨道诗刊》。

遗　　言

孩子，生活留下的一切，我都已不再需要
这些白色的药片，这些生锈的时间。

孩子，附近耳朵，听我再说一声：
我爱你们
我渺小的生命曾像一块炭一样
在黑暗的地下埋了几十年。我已没有能力
把一家人贫穷的生活温暖。

孩子，告诉你母亲，别再记恨我
因为病，因为我的暴力和懦弱
对她一生亏欠的太多。

孩子，我看到了睡眠的颜色，是白的
泥土的颜色，雪一样
我即将出发。远处你未曾谋面的祖母
在天堂的门口轻轻唤我。

孩子，不要过于悲伤，记住我最后的遗言：
好好活着，善待你的祖父和母亲。

暮光之忆

——忆外祖母

那一天，叶竹河边，木桶在她肩膀上飞翔
雪白的杏花上升为祥云
带着水珠的覆盆子叶上
一粒虫子在奔跑，像光的邮差
但它如同外祖母交替的脚步，仍然比光
慢了半拍。那一天，落日下沉
橘红色的暮光，流经她皱纹的额角
注入皮肤松弛的阴影。那一天，茅草屋边
丰饶的炊烟依然宁静，但斑斓的阳光里
肯定已有什么，得到了改变——
谷仓与田畴消失，雪终于下起
越大，头发就越白。灶膛的火钩生锈
柴禾潮湿。她举着煤油灯，翻拣
老式立柜里那些陈旧和发霉的衣物
一条红肚兜，见证过她饱满的乳房和青春
那一天，丙子年十月初二日的乌鸦
驮来了，死亡要求的黄昏

一口漂亮的棺木盛殓她
一架月光的云梯接走她
那一天，悲伤之外，一切时间皆泥泞
黑暗洄向远方，淹没一些人
黑暗中的火苗，唤醒另一些人

羽微微作品

羽微微，女，广东省茂名市人。曾获《人民文学》诗歌奖及《诗选刊》年度先锋诗人奖。诗歌发表于《诗刊》《人民文学》等文刊物，入选多个年度选本。出版诗集《约等于蓝》。

墓 志 铭

这是我的最后简介，我希望更简短一些，洁白的
大理石碑上，除了名字、性别、时间
还应该有一句什么？
如果你没有其他的想法
我建议就写上：
她曾深深爱过及被深深爱着

其中的"深深"
不要省略

父亲，小侄子和我

父亲给我打来电话
他很爱那个羸弱的小小儿童
"他不在家，家里很安静"

他再次这样说。他有很多说过的话，期待我提问
他便再说一遍。有一次父亲放下饭碗，猜测着
"镇上的幼儿园也不很差吧"
我说市里的好。他看着我，然后点头

这个在年轻的时候，拥有无穷力气的人
这个可以一掌推开母亲，把她摔倒在地的人
这个在我孩提时罚我跪着认错的人
这个在镇上有着无上权威的人
这个我从没有感受过他拥抱的人

我热衷于跟他谈这个儿童
仿佛从中得到我的父爱

羽 微微作品

花盛作品

花盛，70 年代末出生于甘肃甘南。作品散见《诗刊》《民族文学》《星星》等刊。曾获全国十佳散文诗人奖、甘肃省少数民族文学奖等多个奖项。著有散文诗集《六个人的青藏》（合著）。

致

我不想就此写下一个人的孤独
不想说出飘满雪花的高原上
难以抵抗的严寒和无边的荒芜
岁末将至，我不想告诉你
这一年来的酸涩和失败，甚至一无所获
也不想告诉你，曾经为你写下一行行诗句时
微小的满足和浅浅的幸福
雪花再次飘落，我不想告诉你
狭小的空间飘满雪花一样忧伤的歌声
以及一个人内心的空寂和寒冷
多年了，岁月的风不断地刮着
刮走了我们越来越少、越来越渺小的梦想
爱，是一个多么奢侈而令人心碎的词语
我不想告诉你，我依然深深地，深深地
爱你。我只想就此写下——
"如果雪花不是最寒冷的花瓣或泪滴，
我将再次为你能够活着而深感幸福。"

花盛作品

这 一 年

这一年，风剥着树木的叶子
剩下一些树木，颤巍巍地
裸露在山梁上，留守着
那片古老而沧桑的土地

这一年，父亲的头发落了又落
白了又白，剩下依稀的白发
掩饰着头颅，像我们熟知
却未曾说出口的某种愧疚

这一年，我们依旧在奔波
依旧在某个角落，某个夜里暗自泪流
而那些风依旧在不断地吹来吹去
像无从预料的明天

这一年，我们努力去做一些
力所能及的事情，也放弃了一些
迫不得已的梦想
生活的真实，让梦越来越虚幻

这一年，我们又苍老了许多
沉默了许多，默默地存活着
默默地热爱着这片土地
像山梁上的树木，裸露在风中

花盛作品

李小麦作品

李小麦，本名李云华，女，彝族，居云南建水。作品见《人民文学》《诗刊》等，入选多种选本。鲁迅文学院第十期培训班学员。

通 海 记

通海有杞麓湖
藏青的
湖岸有芦苇
褐绿的
芦苇里有野鸭
成群的
湖里长着水葫芦
墨绿的
停着铁皮船
空着的
湖面有水鸟
灰褐的

我在湖边坐了很久
静静的
捡回两枚鹦鹉螺
洁白的
带回两枝芦苇蒿
也是洁白的

丢失了一条围巾
红色的

假　　如

一路向北
过读书铺，碧鸡关，白果……

村庄，田畴，树，以及那只灰色的麻雀
向南，一退再退

一列黑色的火车
轰隆隆着，擦肩而过
抱紧那轮蓝色的太阳，不悲，亦不喜

人潮人海的站台，回头——
假如
恰好遇见你……

李王强作品

李王强，1979 年出生于甘肃秦安。在《人民文学》《诗刊》《星星》等刊物发表作品 700 多首（篇），入选多种选本。获第五届甘肃省黄河文学奖及四十多次全国性征文奖。出版诗集《在时光的侧面》。

闪光的铁轨

浮尘在黯淡的光线里继续飘移
像受了某种持久的蛊惑，温柔的锐利中
满是温情的残酷。落日缓缓沉陷
一只悲鸣的鸟雀用断翅倾斜了
这云霞织锦的天宇，堂屋巍峨
坐在自己孤独的影子中，落下
一层层斑驳的时光，等待
更多的蒿草、覆盖，以及荒芜

两行锃亮的铁轨，拖出
两道挂满寒霜的目光
用遥远的眺望，稳住内心
摇晃的月色，以及波涛

铁道边的栅栏，镂空追赶的步履
镂空海北天南的目光
却镂不空旋在泪花里的
忧伤和惦念。路旁青草离离
每一茎细小的叶片，都落座着

来自四面八方的灰尘，却无倦意
在自己悠然的摇曳和寂静里
固执地坚守和热烈

春风已从断枝上跌落，可我
还要在宿命的稿纸上
签下今生的契约，我的双脚
拖出的
何尝不是两道铁轨
在自己不为人知的孤独里
闪幽微而纯粹的光亮
既深情地回望着堂屋，又
执着地奔赴了远方

丢　　失

已经很老了，这光影斑驳的
房子，扶着一株快要朽掉的树
蹲着。此时，月光穿过去
就会有更多的皱褶
我也侧过身子，迅速而虔诚
要为一朵倏忽飘零的花

腾出更多下坠的路途，以及时间
像修改一场爱情中
仅有的病句

树枝挑不稳蝉声
落叶还在拍打秋天，我望断关山
望断鸟羽上的暗云，早已深感疲倦
与一尾鱼调情，我丢失了太多的水
只剩下干涸，与我为敌
当然，也与我为友
像装在瓶子里的萤火，提着怕累
扔远，又怕裂、怕碎、怕飞

李凤作品

　　李凤，女，彝族，丽江基层公务员，北京邮电大学硕士毕业，四川大学博士在读。作品在《诗刊》《诗选刊》《北京文学》《民族文学》等刊物发表。

大地的身子

大地的身子
年年都受着风寒
却要永远原谅
那把一厢情愿的铲子

人们谈论的价钱
像土豆一样
都长在它的肚子里
连风也吹不走

在它面前
人人都是农民
都挺不直腰板
都向一抔土求婚

有人干脆跳到里面
合上棺材盖睡下
谁也叫不醒
连大地都没辙

众 生 相

捎信的人，死于途中
壶里，还剩一半的水

一阵咳嗽，在一个身体里住下
又有一个人，老了

幸存者在废墟上起舞，为亡者超度
直言的人，在一块屠宰的砧板上，走调

还有被扒皮的畜生
千百年来，都是一样惊恐的表情

几世纪的剧本
在千年的龙井里
浸泡了数个轮回

李风作品

李成恩作品

李成恩，女，出生于 1983 年 1 月，祖籍安徽，现居北京。著有诗集《汴河，汴河》《春风中有良知》《池塘》《高楼镇》以及随笔集《文明的孩子》等 10 多部，另有《李成恩文集》（多媒体 12 卷数字版）。

过 西 域

我对沙说话，沙答应我
江南夜色下的嘴唇吐出细沙
我的牙是一弯新月
照耀我的城堡，那是遗弃的
或者我小小年纪本就陌生的
城堡，通过沙漏一点一滴穿过的
日月，我怎么能绕得开向我包围
过来的西域呢？

西域多雪，多沙，多风
我对雪说话，雪答应还我一身洁白
我对沙说话，沙答应在我的额头上
筑起一座城堡
我对风说话，风答应吹走
我脚下的遗骨

我在黎明醒来，雪、沙、风
这三件闪光的器物在我的手上汇聚
像我抚摸过的东西

在夜里飞起来，在黎明
却静如一缕晨光，在我手心
婴儿一样光滑

我洗雪，洗雪山的骨骼
我吃沙，吃得满嘴的欢叫
我捧着西域的风，整个西域
都伸手可见，好像要抓破了
唐僧俊美的面容

雪山星夜

狼趴在雪上，它想念人类

星空在我头上
难道人类的星空
无人目睹？
无人相守它的孤独？

我是人类中的一员
我骑马跑过雪山星空

星空多孤独
雪山多温暖
狼心就有多温暖
它侧卧雪地
它想念人类

狼在我眼里只是孤独的孩子
狼代表整个狼群，而我不代表任何人

因为我们都长大成人
成了另一个人，星光照耀雪山
但星光白白照耀人类，空空荡荡的人类
白茫茫的脸

雪山崩溃是哪一天？
星光崩溃是在今天

我骑马跑过雪山
头顶星光像一个盗取星光的人

李成恩作品

李宏伟作品

　　李宏伟，1978 年生于四川江油，中国人民大学哲学硕士。现居北京，作家出版社副编审。作品见《人民文学》《诗刊》等刊物，参加第 30 届"青春诗会"。著有诗集《有关可能生活的十种想象》、长篇小说《平行蚀》，译著《尤利西斯自述》等。获《人民文学》与《南方文坛》"2014 青年作家年度表现奖"等奖项。

种下一棵树

来。我们种下一棵树，我们一起
这样白色覆盖大地，灰色塞满天空的日子，我们需要种下
　一棵树
房间太小，我们只需种下一棵树

先种下叶子，绿色的，绿得让人不知所措的叶子
它摊开小小的手掌，掌纹清晰可辨，里面有阳光流淌
再种下树枝，新鲜的可以拧出汁液的树枝
它接住叶子，随意地伸出去，托住天花板
然后种下树干，有肋骨也有心脏的树干
它有时候会疼痛，树枝与树叶便因为它的疼痛在风中颤动
最后种下树根，这些连成片的胡须
经常在暗处碰到泥土，偶尔也碰到沙子和石块

种下这些，我们就算种下了一棵树
就可以收获树冠与花粉，收获荫凉与甜蜜
但要让它真正成为一棵树，还要种下树皮种下年轮
让它们的同心圆成为时间的靶心
这一切完成，我们就可以种下种子，种下种皮和胚乳

毕竟所有的一切，都必须向着它来完成

在星期一谈论死亡

星期一不应该有死亡发生，即使有
也不能留到晚饭后，公开谈论
星期一，我们应该围坐在一起
吃完每一道菜肴，劝尽世上的酒水
回想那创造的工匠如何用斧子分开山羊和绵羊
就此心存感激，然后选出一位母亲
去隔壁洗干净所有的碗筷

死亡亲力亲为，走完流程才打来电话
一旦接通就不能中途去转水果拼盘
你可以说喂，也可以直接喊出她的名字
开出维生素药片，准备到此结束
但她开始说话，普通话和方言交互切换
间歇还伴有哭泣，这哭泣让人慌乱
重中之重，是确定事故发生的距离

最近时不到一米，最远时二十米开外
嗯。你放下心来询问细节，安排反应

抽出线头，拉得更近一些，一圈圈
紧贴皮肤缠绕，加速度织就不会脱水的茧
再用力将它掷向珍藏已久的死人

谈论终于变成议论，议论终究变成感叹
尽管只是在外围转了转，却也让它分量减轻
也值得心满意足地打开电视，互道晚安
留下电话不声不响在餐桌上继续死去
而你自己，遣走家人，独自钻进重金属
预计睡到星期二，也可能睡完这一次的星期天

185 李宏伟作品

李欣蔓作品

    李欣蔓，原名李晓红，女，出生于 1978 年 10 月，诗歌发表于《诗刊》《星星》等国内外多家报刊杂志，入选多种诗歌选本，获 2014 年度华文青年诗人奖入围奖、第五届井秋峰短诗奖。著有诗集《时间的重量》。

尊严的形成

微风吹来，鸟儿动了一下
山岗也动了一下

眼前不是风在摇
鸟儿飞落的声音
使大地长出一双翅膀

鸟鸣比祈祷还美
将现实与梦幻合成一体

——在生活的烽烟里
词语的闪电，从尘埃里取出意义
取出亿万年前文明的萌动

一堆堆新绿，让东风沉醉
茂盛而馨香的草木间
形成尊严

隐藏的江山

微醺，用它暖和整个冬天
一次次诵读，朝霞与落日
逼仄的乡音，让我分神
酒杯的模样，流水的晶莹
随风散落的童谣，卷走世俗纷争

醉成雨纷纷，欲断魂
千里万里，春天有多深
梦就有多深

时间倾泻，扶住乾坤
一块隐藏的江山
呈现一片水泊或山岗，直到
凝成一朵雪花在胸膛下转动
在我的体内贴着心尖
起伏

李满强作品

李满强，1975 年生于甘肃静宁。诗作散见于《人民文学》《诗刊》等刊物，入选数种选本。出版诗集《一个人的城市》等三部、随笔集《尘埃之轻》。参加诗刊社第 24 届"青春诗会"。曾获甘肃省黄河文学奖等多种奖项。鲁迅文学院高研班学员，中国作协会员。

李满强作品

饮 酒 记

告诉你，我已经迷恋上了这杯中之什
迷恋上了这五谷精气，舌尖上的滚动的火焰
但我不会独自举杯。竹林已远，明月已远
时代的天空里，到处是雾霾，是马达声，是娱乐明星们
在无节制地聒噪；是失去方向的羊群，慌乱奔走
是毒奶粉在进入新生儿柔软的肌体；是尿素浇灌的豆芽
有着洁白青绿的面孔；是地沟油被再一次搬上餐桌
但它有着以假乱真的色泽和香味

我从来不曾迷信："古来圣贤多寂寞，惟有饮者留其名"
我宁愿相信："但得醉中趣，须为醒着传"
所以请举杯吧！癸巳已逝，甲午在前
哦，甲午！一个让我无限伤感的年份
百年倏忽，但我将旧事重提，并且
要为你高举这手工酿造的青稞汁液。这一刻
你看那些古人们都回来了！来吧
伯伦、孟德、太白、子瞻、戚元敬、邓正卿……
且让我们一起举杯！天地虽大，无非
在这杯盏之中。时空交错，而大河仍在奔流

昆仑群峰，仍在长成。且饮了这一杯！
饮出肝胆之意，虎豹之气
饮出流水匆忙地坚守，清风徐徐地拒绝

且饮了这一杯，请让我
在内心再一次这样复述：
"倘若你已苏醒却不觉得痛苦，
须知你，已不在活人世界"

暴 雨 记

很多年没有写到过雨了
但雨一直下着

江南的雨一直古典而缠绵
北方的雨一直稀罕而矜持
唐朝的雨里一直有杏花怒放
小酒芬芳。宋朝的雨里
兰舟将要离岸，美人双目含泪

但我生活在癸巳年的夏天
生活在陇中，这历史上的枯焦干旱之地

忽然而至的雨，持续数天的暴雨
让我有些措手不及
和我一样措手不及的，还有
等待打碾的小麦，需要回家的胡麻
风烛残年的土屋，底气不足的道路

发霉、塌陷、滑坡——

所有的词语这时噤若寒蝉
一个耄耋之人，隔着暴虐的雨帘看见
生活的洪流，滚滚向前

杨康作品

杨康，1988年生。诗歌多次在《人民文学》《诗刊》等发表，入选多个选本。著有诗集《我的申请书》。鲁迅文学院高研班学员、参加第七次全国青年作家创作会议。中国作协会员。

近　况

下班以后我不想急着回家
家只是我租住的一个空房子
里面，并没有爱。也不想煮饭了
好的饭菜需要好的胃口
我想一个人去水边坐会儿
坐在草地上。生活富裕的人
把走路和弯腰当成一种锻炼
他们围着水边走，水里的鱼
在水面跳了几下就死了

光线在鱼的目光里暗下去
天就要黑了吗？散步的人
一个个离开，我还坐在这里
被风吹着……
风吹着身边的草，多么茂盛
风吹着我。风过了就是闪电吗
就是暴雨吗？我仍坐着不动

一件衣服在雨夜从阳台飘落

在雨水里奔跑，像这段时间
我与命运对着干。累得筋疲力尽
这样最好不过。时间到了凌晨一点
我刚好打开出租房的门，先在屋内
到处巡视一番，看有没有坏人
等我把汗湿的衣服挂在阳台
屋外的闪电啊，直接愤怒了

雷声第一次变得这么大
雨点很猛，戳在墙壁上玻璃上
我看见衣服在阳台上左右摇摆
在风雨里，它有点束手无策
摆动得更厉害了……
瞬间，它就从阳台的晾衣竿上
落下去。像一只失去掌控的飞机
在我心里，有一些东西也那样
落下去，在风雨之中……

肖寒作品

　　肖寒，本名肖含，曾用名千叶芦花。1978 年 3 月出生于吉林梨树，女。吉林省作家协会会员，中国诗歌学会会员。曾在《人民文学》《诗刊》《诗潮》等刊物发表诗歌。参加人民文学第二届"新浪潮"诗会。获"梨树诗歌奖"特等奖。

虚　假

我一直在等你的原谅
我倚靠着的墙壁
并不能给我多大的支撑
一面虚假的墙壁
和你对我的原谅没有多大关系
但我是真实的
我经历过，夜晚降至时的怒放
也经历过，黎明来临时的凋零
更经历过，从头到脚的枯萎
如今，真实的东西已经所剩无几
梦中，一条路反复出现
而你，指给了我另一条路
这条路几乎和我没有一点瓜葛
但它出奇的美，这虚假的美
禁不住任何一种
人世的悲伤

肖　寒　作品

写了那么多的诗

写了那么多的诗：
白色的，黑色的；大的，小的；
坚硬的，柔软的；活着的，死去的。
我无法为它们一个个地起出很好听的名字，
就像我无法为自己找到更好的
活着的方式。
我写出它们其中的每一首，
就好像我又倒退了一步，
有种千帆过尽的谦卑与超脱。
写了那么多的诗，
和那么多个自己较量。
实际上，我一生都在
与自己过意不去，与自己撕破脸的抵抗，
与自己拼个你死我活。

但是我，
写了那么多虚伪的诗，
用了那么多无辜的灯火。

吴乙一作品

吴乙一，原名吴伟华，1978年9月出生，广东省平远县人。作品散见于《人民文学》《诗刊》《十月》《诗探索》等刊物，出版诗集《无法隐瞒》《不再重来》。中国作家协会会员，广东文学院第四届签约作家。

寻 水 记

于是，我们扛着锄头、砍刀上山
是我熟悉的山路：陡峭，曲折。多少次
转弯时板车掉落山坑，柴木散落一地
沮丧、懊恼，想大哭一场
却只能默默捡起拖鞋
大家都在喊渴，问起我
肥胖的身体能装下多少锦绣文章
汗水眯了双眼。路越走越小
像天天用着的自来水，一不留神
就从脚下走丢了。四叔一直喘粗气
他的痛苦不在于天旱
他重复说，十月份，在县医院住院
"不知道你住哪，我想到你家看看的"
他身陷绝症，分不清我是谁家的二儿子
但他说到饮水思源
说他等着时光之绳用力勒紧自己
身前的堂侄，东莞孤身归来
像埋在暗处的流水，仿佛一开口
就泄露了行踪

我想象着自己又一次走在这路上
双手抓紧刹车，脚趾扎进泥土
盼望板车能停下来
惊恐中掠过的草木，一天天变深
又一天天变浅。如今，走在它们中间
我内心依旧充满恐惧
担心莽莽丛林间
找不到自己想要的一汪清泉

3月23日，大雨记

他们继续讨论卡通剧的角色。嗜酒的人
脚下是嘈杂的纸屑、大海的潮汐
一群人身后的欢娱能在花朵上停留多久？
行色匆忙的鱼群包围了师范学院黝黑的岛屿
韩愈之后，鳄溪从此为韩江
斜靠在传说中的桥墩欲言又止，流水似迷雾
上午，我们浩浩荡荡走在牌坊街
认古体字，买潮汕小食
谦让着，一个个成为当代文曲星
我问了许多人，木棉花到底有没有香味？
他们冷眼旁观，继续用方言反问——
"你说呢？""你觉得呢？"
主持人指鹿为马。字正腔圆的朗诵
洋洋洒洒，跌落在前排的空椅子

后来，研讨的课题转向舞者的裸背
闪闪发光之物，是汗珠？还是青春痘？
雷声突然在头顶炸响
是的，此刻的我不追问它从何而来
又因何而去。我等待大雨倾盆而下
等待雨水淋湿诗人的欢声笑语

6月23日，独卧病房

我对身体豢养的魔鬼一无所知
放任它们黑暗中对峙，相互冲撞、砍杀
碎落一地风中疾走的砂砾
我对四周的人心怀善意
但并不希望认识苦难中的他们
遑论成为友朋，明亮处喝上两杯
每家医院都有一条长长的走廊
像嗜血者的喉咙，不时传来凌厉警报
我担心白床单是落日留下的面具
它挽救过多少沉默的羔羊
就放逐过多少凶猛的狮子
独卧病房，手机看新闻，官员应声倒下
弥漫消毒水难闻的气味
外省人在电视机前保持缄默
唯有呼叫器能破坏世界杯的秩序
可我不喜欢足球，不愿意咬人肩膀

心血管三科。《住院须知》共十八项
《健康宣教手册》丢失了第六页广告
它们的精彩，远远超过枕畔
云南人雷平阳恣意汪洋的山高水长

吴素贞作品

吴素贞，女，80后，江西金溪人。组诗散见《诗刊》《十月》《诗探索》等刊物，多次入选各类年度诗歌选本。出版诗集《未完的旅途》《见蝴蝶》。

抚 河 源

请允许我沿用当年的美名，叫你汝水
请允许我在叫你汝水之时，形容你比女子还媚
妩媚的源头，我再次出发
像脚夫一样重新走上古驿道
站在血木岭指出 1.6 万平方公里的水域
灵华峰上，让我铺开《水经注》长卷
源头活水天上来。我听见郦道元的惊叹
看到五潭七瀑从《地理志》一泻千里，滋养万顷
汝水，比女人还柔绵的水
让我喊着壮丁滚烫的号子再饮一口
高虎脑、里木庄、木头坑……这血脉里的村落
清泉汩汩，莲叶田田
汝水，《乐府》的心脏是你的
让我再把 11 条港，69 条溪流的丰盈献给你
汝水，请允许我承传你女性的极美……是轮回。是命理

吴素贞作品

临川先生

不叫你太傅，不谈心碎的北宋
不叫你荆公，不谈一腔热血男儿平天下
这里是临川，我和你止于修身
醉心诸家学术。这里没有君臣王命，变法革新
没有积贫积弱，辽夏铁骑弯刀
你只是先生，我的同乡人。陋室茗堂
我喜欢看你青衣布衫，谈笑风生
往来鸿儒巨子，有人席地而坐，掐指万年
宋神宗打马拱手，自称白丁
向你取新学经义，道德性理
司马光把史书堆成自家的四合院，东厢
独与你烛下谈孔孟
留一段野史吹绿了江南两岸
我仰慕的苏轼才子顺汝水而下，他刚和子由
渑池相会，诗意正浓
只见他颦眉微蹙，起笔斗诗
你会意泼墨，指了指天空的一轮明月
仰天长笑

先生，你不会知道
我人生最大的奇迹便是看见
那个"还"字如蛟龙入海，光照临川

吴素贞作品

吴猛作品

　　吴猛，山东滕州人。诗作散见于《诗刊》等刊物，入选多个选本。曾获第三届中华校园诗歌奖、山东作协青春文学奖等。出版诗集《站牌下的春天》。

一朵云的胎记

母亲告诉我
那云，真像我脊背上的胎记
我看不到自己的后背
我只能看那云
从无可名状到无影无踪
为了弄清一朵云的出处
我需要把头扬了再扬，抛向蓝天
我不想与太阳，小鸟，飞机有任何瓜葛
我只是为了找到那片带走我胎记的云
有着和我一样的身份和辈分的云

多少年来，我找了又找，昂扬挺胸
直到我无法再追着母亲问哪朵最像
在母亲的坟前
在一片火烧云下
我的后背灼热着
那云，是分离还是在镶嵌
慢慢地，慢慢地
母亲摇着云走

笑着问我
哪朵最像

农 民 工

父亲，在六月，我要到城里去
那一阵阵轰鸣的拖拉机声
在麦田里辗转反侧
昨夜，我又失眠了
对门同龄的二狗上年出城
至今未归
他的母亲扬言这是最后的收成
干什么都比种地强
父亲，你种了一辈子地
是个地道的农民
你的汗水抽打在这片土地，无人知晓

父亲，在六月，我要到城里去
我知道你怕我没文化，不敢让我闯
哪怕
我用你梳理庄稼的方法嫁接到一根根生硬的钢筋
把一座座楼房肢解　重造

像二狗那样每月在寄钱回家后
还有点酒喝

父亲，在六月，我要到城里去
那些干不动的人回家收麦子了
城里正缺人
他们会很洋气地称呼我们
农民工

张琳作品

张琳，女，1989 年生，乡村教师。系山西省作家协会会员、中国诗歌学会会员。部分诗歌作品在《星星》《诗刊》等发表、获奖，著有诗集《锦书》。现居山西。

野外偶得

走着，走着
就到了悬崖边，酸枣树很红
沙棘果很黄，白云正在天边滑翔。
我爱这些悬崖边的事物。
我爱
站在悬崖边，看那深不见底的风景
我爱，一只手在光线中
分针一样指向远处，另一只手
被你紧紧地攥着，是你在说
瀑布终于找到了悬崖。

礼　　物

每年的教师节，我都会收到
学生的祝福。

张琳作品

今年也不例外。

当我愉快的将一幅水粉画挂在墙上

——一支蜡烛开始在画面中

默默燃烧。

没有什么是不会燃烧的。

包括祝福。

纯子作品

纯子，中国作协会员。组诗在《诗刊》《诗选刊》等刊物发表，入选多种选本。曾获江苏青年诗人双年奖入围奖等多个奖项。

我活在他们的时代

水尺蠖停留于静谧的湖面
棕顶树莺迷恋山崖上秋后的飞虫
大海里有成年的蓝鲸
划定自己的水域，而我
我活在他们的时代
那些从骨子里透出黑白两色的人
那些早晨说话，暮色里早已
失声的人，那些在躯体里做梦
一伸手却只能抓住影子的人
我与他们为邻
在一个时代的空隙里
写字，我得到额外的空气
也因深渊里的呼吸而倍感焦虑
水尺蠖跳跃了一辈子
棕顶树莺死后，山崖上定会挂起
红月亮，海里的蓝鲸愈发孤独
而我，我开始听见自己
被一个时代早早淹没的声音
"请在人群中带走可疑的坟墓

我要歌唱的，不是虚假的
荣耀，是生命，那不可剥夺的爱"

他们说到的归途

他们曾经猜测，流水有归途
大海没有，大海是
僧侣心中的最后一道钟声
他们接着猜测，葵花地里的光芒
流落何处？被吞食
而后像那从未有过黑暗的人
他们说到扑火的飞蛾
说到命运与他者交换的
一种仪式，他们说井里的青蛙
说开花的铁树，说到结局
他们指着愈燃愈短的
那炷青香，认真地低下头来
他们说到身体里的一个
黑洞，他们朝那儿喊
"有人吗……有人吗……"

武强华作品

武强华，生于 1978 年，女，甘肃张掖人。有作品发表于《人民文学》《诗刊》等刊物，曾参加《人民文学》第三届"新浪潮"诗会。

乳　晕

在美国，艺术正在设法弥补生活的缺陷
文身师正在给乳腺癌康复者画上乳晕
疤痕被掩饰起来。"看起来就像是真的"
她们自己，也相信了
被割去的乳房又重新长出了嫩芽

据说问题的关键是"蒙哥马利腺"
乳晕上那些被忽略的小点被清晰地描绘出来
文身师在疤痕的乳房上得意地炫耀自己的手艺
他们期待着，更多的乳房
为艺术献身

那些被修饰的腺体
能不能发出迷人的香气
把孩子呼唤到母亲的身边
能不能给平坦的胸膛重新塑造一座山峰
把男人的手掌吸引过去
文身师告诉她们"你要感到完整"
言下之意是

武强华作品

你只要想象，而不要去抚摸

我不会把这个消息告诉我的母亲
也不会在任何一个乳腺癌患者跟前提起
她们已经失去，却从未了解的"蒙哥马利腺"
香气消失了，但那里藏着一个伤口
我的母亲
在乡下种地，除草，洗衣做饭
她不可能坐上飞机到美国去为自己画上乳晕

断　　面

我希望只有黑白两种
颜色越少越好
下雪了
一个村庄或者一个女人
都有雪白的身子和柔软呼吸

夜晚也是白色的
撕开这张纸
尖锐的刺啦声

就像一个饱满的身影
扎进内心

其他颜色都是野兽

林小耳作品

    林小耳, 宁德蕉城人,本名林芳,诗作发表于《人民文学》等多种文学期刊,入选多种年度选本。有诗歌在全国诗赛中获奖。出版诗集《小半生》。

代号 +5 床

这几天，我的代号是 +5 床
病房过道拐弯口处的一张加床
这位置和疾病的性质有些相似
如果没有拐过那个弯儿
你看不见我，我看不见病

林小耳作品

天　　性

办了住院手续，并不在医院过夜
唯恐有不雅睡姿晾晒在过道
清晨起早，赶在医生查房前回到病床
隔壁 +6 床也添了病人
原本安静的小伙子在我出现之后
忽然变得兴奋
医生查房时，他撩起衣服

指给医生看他患病的各个部位
医生走后，又拿着手机
在我病床前走来走去
和他的朋友们述说病情
仿佛长在身上的那十几个脂肪瘤
瞬间化为了他的荣誉勋章
他边打电话边看我
好吧，我承认我出门前
有过一番悉心的妆扮
看来我和他都还不算病得太重
即便身为病人，我们也都无法抗拒
——美

郁颜作品

郁颜，本名钟根清，中国作家协会会员，作品在《诗刊》《星星》等刊物发表，入选《中国诗歌精选》《中国年度诗歌》等。获《星星》年度诗人奖、出版诗集《郁颜诗集》《山水诗》。参加诗刊社第29届"青春诗会"。

马铃薯记

那年，我小心翼翼地
把马铃薯一个个藏进挖好的土坑里
母亲在边上撒上一抔草木灰
父亲呢，一一给它们浇上了粪水

暖风吹干脸颊上的汗液时
我们便往马铃薯们身上
盖上土，像是一场埋葬的仪式
我们默默地弯曲着腰

二月的乡野
多了一群忍住光芒的星子
为了再次和我们见面，才几天工夫
它们就狠狠地破土，并吐出了绿色的嫩芽
闪电一般，比呼吸还迷人

郁颜作品

砍 柴 记

山脚下
已经飘起了炊烟
我和小伙伴们
急得直跺脚——
砍来的柴禾，堆了一大堆
就是捆不起来
怎么背下山去呢

夜色越陷越深
我们不得不小跑回家
叫上父亲来解围
一路上，像几条害羞的小尾巴
紧紧跟在后面
我还偷偷地向身边的黑色丛林里
行了行愧疚的注目礼

罗铖作品

罗铖，1980 年 4 月生于四川苍溪。中国作家协会会员，巴金文学院签约作家，曾入围 2012 年华文青年诗歌奖。曾参加第 29 届"青春诗会"。出版诗集《黑夜与雪》。

答　案

"花朵在哪里？"你说，"花园里。"
"鱼儿在哪里？"你说，"河水里。"
"星星在哪里？"你说，"黑夜里。"

"爸爸在哪里？"你沉默了，别过小脸
"爸爸在哪里？"你转过来，眨了眨眼睛
"爸爸，在哪里？"你向后躲闪

突然说："爸爸！"然后，向我跑来
我赶紧伸开双手，像一枚邮票
粘住这风中的来信

目　送

无论什么时候

你和奶奶都站在阳台上
目送我慢慢地远去

当我偶尔回过头来，你伏在围栏上
说："爸爸，再见！"像一株小灌木
迎着暖暖的秋阳和淡淡的微风

我总是从夜里归来
回家的路漫长，宁静，充满阴影
我站在门口，整理好自己

然后轻轻地敲门，我最想看你推开门
那一瞬间的，明亮的欢喜
虽然我总是两手空空，一身寒冷

郑茂明作品

郑茂明，1980 年生于山东陵县，民刊《凤凰》编辑。作品在《诗刊》《星星》《扬子江》等刊物发表，并入选多种选本。著有诗集《一只胃的诊断书》。多次入围诗探索"华文青年诗人奖"。现居河北唐山。

过　程

先是爱上她的颜色、气息
爱上她的曲线、迷人的深渊

还必须爱上她的小脾气
蛮不讲理的家庭逻辑
爱上日复一日的皱纹、眼袋、老年斑、口臭
争吵、没完没了的唠叨

我还要更深刻地爱下去

这一生将被埋没，这不是一首诗
而是一座坟墓
恰好装下并排躺着的，两个相爱的敌人

在钢铁厂

在钢铁厂
除了钢铁的碰撞声和机车的嘶嘶声
你根本听不见
自己的心跳，内心的嘶喊
这些年，发出声音的部位都累了
你得学会让身心顺从机械的动作
顺从无声滑落的时间
像这铁，不断改变自己的形状
它的硬度和冷峻从没有改变过
即便被切割，被熔炼
它也不吭一声
在钢铁厂，还有更多的铁
冷却了热度，伤口和隐忧被翻卷、掩埋
我是另一种铁，早已锈蚀
看见了一切，却发不出声响

郑茂明作品

赵目珍作品

赵目珍，曾用笔名北残，1981 年生，山东郓城人。作品见《诗刊》《星星》等刊物，多次入选年度选本。著有诗集《外物》。现居深圳。

醒 来 诗

醒来的最佳方式，是把醒来当作又一场大梦
让梦无限地延伸。有的人从梦中醒来
有的人从梦中离去，我们都成为生与死的附庸

如此，我们迎来最梦幻泡影的时代
我们永久地生存在梦中，有时像极了梦蝶的庄周
像极了栩栩然的庄周。不分彼此，不分你我

不分历史与现实。我们战栗在梦境的中央
就如同我们战栗在时代的中央；我们退回到
蝴蝶的世界，就如同我们退回到时代的心脏

我们都不过是一只模糊不清的多义性的蝴蝶
它将我们送回各自的世界，以便更好地区分自己

途 中 诗

天地如此之大，我奔赴于苍茫的
心脏之中。有一个人居住在
山中的大枞树上，如今远离喧嚣
群鸟共赴山海之盟

云朵一样的青鸟，云朵一样的眼泪
万物生长发育，造物赐予它们神奇
我突然为大地的广袤而哭泣
孤独绵延万里

这些时日，我只看见，我只听见
孤独已成了问题
春天的痛，夏天的风，以及秋天的暗疾
已经侵入内部涌动着的江河

虚妄。我庆幸又一天即将黑下来
但那不是灵魂的变质，而是重新还给我
粗野的魂魄。这个时刻在分割着的世界
只有黑暗，让我变得清醒和安稳一些

赵亚东作品

赵亚东，1978 年生于黑龙江省拜泉县，作品载于《诗刊》《人民文学》《青年文学》等。入选多种年选，出版诗集《挣扎》等五部。

蓝 蝶 谷

在群山之间，缄默是一种修行
蓝蝶，三三两两端坐青岩石上
无须想象，禅意
就在不经意的微风中
愈行愈深
如果宇宙是一个深潭
却也装不下一只蓝蝶的思想
有芬芳，氤氲而来
裁剪这山中的水意，
蓝蝶谷
打坐的和尚化作虹影
行走的人不必惊慌，
石上的脚印
是蓝蝶的前世，
踏过群峰
又归于无形
蓝蝶谷，
天地之间小小的裂隙
却通向无限的辽远，
与空无

望 云 庄

望云庄不是一个虚构的名字
这里有古庙和少女
巴掌高的麦子，正好淹没
孩童的脚脖和纠结的历史
恰好遇到知古通今的人
手中的念珠香气弥漫，
佛意悠然
梦境只给纯净的人
以美好的片段
望云庄里，
我们只是卡在
时间的布纹里小小的米粒
无须高人指点，就能轻易地
了却凡心，化为梦幻泡影
有很多传说，从虚构的嘴唇里
汹涌而出光阴似箭，
是一个惊悚的借口
在这里生老病死
在这里转世轮回

赵亚东作品

望云庄，

仅仅是一个怀春的老妇

一颗早已衰老

却不忍被大地拔出的，

牙齿

哑木作品

哑木，本名周亚松，1985 年 7 月生于贵州威宁。作品散见《诗刊》《星星》等刊物，入选多个选本。获首届中国红高粱诗歌奖、贵州省首届尹珍诗歌奖。

牛栏江诗稿（节选）

1

让我心潮澎湃的，除了
流水汤汤，就是应和着涛声的
山歌了。

悬崖边上，牧羊的人
挨在一起，背着风
点燃了烟锅。

羊群在阳光照射的岩石上
拖着自己的影子，走走停停
不时抬起头，看看前方

我想唱一首山歌，不为自己
不为牛羊。只为停在半空中的那只鹰
该走的时候，就飞走吧
别让太阳，将羽翼

灼伤。

2

从江底往上爬，最好带一壶水
山路崎岖而漫长，你的嗓子
会冒烟，会疼。

最好走得慢一点。
因为你再快，也追不上
落山的夕阳。

最好也别回头看，江水滔滔
路途陡而悬，我怕你回头
要再次返回江底，甚至于
纵身一跃。

爬到山顶就好了
江水，已经逐渐安静下来
山风习习，也会吹去
你满身的汗水。更让人惊喜的
是漫天星辰，已经早早等在
你的头顶。

可是，为什么你身上的汗水没了

眼里，那江水一样颜色的液体
却包也包不住。

3

江水日夜奔腾，向着未知的远方
不舍昼夜——
多么热闹。

少年枯坐江边，想象未知的未来
岁岁年年——
多么寂寞。

峡谷幽深，江水浑浊
白云在头顶，在山腰
飘来飘去，变幻万端
终化作无形。

远方遥遥，山高水长
离开牛栏江的人
多年以后，依旧
心惊肉跳。

4

处江湖之远，隐匿不见的

都已逃脱世事的牵绊

比如豹子。多年之前
豹子，在牛栏江之畔
与天上的闪电相约
与地上的雷霆为伴

今日今时，只剩下岩羊
还在大黑山顶上
恪守着与牛栏江的诺言

我是离开牛栏江的人
我是背叛了野兽的野兽
我在红尘奔波，满身尘埃
只有岩羊，还在牛栏江畔
啃一口草，叫一声
好像在和江水交谈
好像在呼唤我……

哑者无言作品

哑者无言，本名吕付平。1980 年生于陕西旬阳，现居浙江宁波。诗作散见《文学港》《星星》《诗潮》等刊物。曾获得第二届海峡两岸"月河·月老"杯爱情诗歌大赛金奖。

口　信

如果你们有谁见到李炳稳
请转告他：
吴美丽结婚了，现育有一子，家庭和睦
请勿念

另：高三时他文具盒里的那块写着"我喜欢你"的橡皮
不是吴美丽放的，那只是我们临时起意的
一个恶作剧
请原谅

——李炳稳，我高中的同学

在二〇一一年夏汛来临之前，他走失于一条河流
生前在地方法院工作
患抑郁症多年

擦玻璃的人

他们在安全绳上来回升降、擦拭
给日渐长高的城市洗脸
玻璃一点点亮起来，照出了一张张
汗渍斑斑的脸，以及他们脸上
习以为常的恐惧

安全绳粗大、结实
牢牢地将他们绑在城市的上空
但这并不能消除潜在的危险
他们没有根
悬在空中，就是一座城市
赋予他们的生活

当他们回到地面，回到安全的地方
更大的不安又开始袭来
他们只有不停地擦，才能擦出孩子的学费
擦出老人的医药费，擦出

留守女人翘首以待的期望

他们擦亮了一座城市的黄昏
但是总也擦不出内心的黎明

哑 者 无 言作品

袁绍珊作品

袁绍珊，女，1985 年生于澳门，《中西诗歌》副主编。曾获首届"紫金·人民文学之星诗歌大奖"等多个奖项。2014年获美国亨利·鲁斯基金会中文诗歌奖金，并获美国佛蒙特创作中心邀请担任驻村创作诗人。出版个人诗集五部。

咖　啡

那年在土耳其，除了喝剩的
幽暗占卜术和冷掉的咖啡渣
女子依玛对未来没有一点把握
她和黑色大陆的咖啡豆，和种植它们的农民长得没有
　　两样
世界也许是平的
可天秤，还没有从天降下

滴漏的，微苦的，到底是越南的甘蔗林
还是法国的露天咖啡馆？
五十英镑一杯猫粪
依玛在日光中恋爱、流泪
消费着带自由气息的离愁别绪
看，黑色的金子流入中国星巴克……

赌场外，穿蓝衣的警察对穿迷你裙的她说：
其实澳门差馆的咖啡也不差
不对，不对，那年依玛其实一直在香港
用巴基斯坦的声线，混迹于旺角的茶餐厅

像一杯鸳鸯，在这春风沉醉的晚上……

叮咚，三点三了，刚出炉新鲜的零件
装嵌着世界的壁垒，这是凌晨三点零一刻
她已分不清这是深圳还是东莞的工作间
任何一罐咖啡都比她清醒
任何货物都比她去过更多国家
研磨、泡煮、滴漏、重力、加压……
工作榨取着她身上所有的可能性
她榨取着想象力的黑色汁液

大安森林公园的树叶切片

大安森林公园里每片滑落的叶子都曾剖开过我
我的掌纹，我的星座，我的秘而不宣的黑色肺叶
虽然这样一条红砖小径我只走过一次

樟树、榕树环抱浪花，虚构的雪意反衬落霞
我在黄昏的树影中拼凑你的身体、你的毛发
你每个因喜怒而放大的毛孔，你灵光乍现的慧黠
连你拂着的纠结的珠帘和流苏，也滚进我的身体里面

叶子把静默的美景割切，只有裂缝，没有流血
躲在背后的新世界透出光线，再割一下，新新世界也即
　　将露面
时间将继续被割切，知识和爱也继续分裂
被自由的叶子，被我们多情的手指

在自然森林和人造公园之间，叶子
也剖开了一片公共地，让我们手持琉璃或青铜器
证明差异之美，每片叶子都在努力以伤害来证明自己
为了证明我也走过了一万次这条红砖小径

在竹林和水生植物的气息中，叶子也把我们割切
像黑毛猪火腿，一片一片，失去语言和完整
我们在晚风中寻求原谅和超脱
却被环太平洋风干整整五十四个月

聂权作品

聂权，1979 年生，山西朔州人。有作品见于《人民文学》《诗刊》等刊物及多个选本，诗集《一小块阳光》入选中国作协重点作品工程扶持，曾获《星星》2010 年度新人奖。

理 发 师

那个理发师
现在不知怎样了

少年时的一个
理发师。屋里有炉火
红通通的
有昏昏欲睡的灯光
忽然，两个警察推门
像冬夜的一阵猛然席卷的冷风

"得让人家把发理完"
两个警察
掏出一副手铐
理发师一言不发
他知道他们为什么来，他等待他们
应已久。他沉默地为我理发
耐心、细致

偶尔忍不住颤动的手指
像屋檐上，落进光影里的
一株冷冷的枯草

喧　哗

那是我给你的伤害
它们像波浪

它们更像少年不更事的悔恨
一波高似一波，在这个越走越深的尘世里

我还未全被淹没。
我曾给你的，时间会加倍还给我。

我听着潮声，它们慢慢喧哗
震耳欲聋

如果还能回去
我们心灵的故地，我愿意
把我还给你。

柴画作品

　　柴画，本名蒋桂华，1981 年生，作品见《诗刊》《人民文学》《作品》等刊物，入选多个年度选本，著有长篇小说《天堂向左，地狱往右》、诗集《铿锵与沉香》。

随 笔 记

小动物总喜欢把自己标榜成大动物
而大动物总却以小动物自称
事实上小动物就是小动物，而大动物
怎样也不会变成小不点，这也许
就叫——境界
比如那些长不高的灌木丛、艾草
被大地拥抱着，被万里阳光普照
而参天古树总把荫蔽献给芸芸众生
这也许，就是大自然的规律
由于每日的凌晨我都要穿过这条
曲长而幽静的城郊林子小道
蝉鸣的声音让我想起和谐该怎样解释
树荫令我悟到情怀一词
细思量，人生就这么短暂，而天与地
玄机深隐，离世多年的父亲的话
又在耳边来回地响，孩子
当你懂得这些，就说明你成熟了
无论你是怎样的年龄和处境！是的
我承认这一切，并祭奠年少轻狂岁月

这也许，既是人类生命里最漫长的
包括罪恶，包括赐予，及难以挽回的

水做的骨头

娘病危，我返湖南，他是头个拥抱我的人
他啊，逢人便说自己老了，其实他并不老
虽隔壁、邻里、杀羊的、宰狗的见面就老瘪
老瘪喊，其实去年他才刚办场五十岁生日宴
在自家堂屋里摆了几十张铺红绸的桌子，但
僻里啪啦的鞭炮声里，来祝贺的也就几人
那是爷爷的爷爷，那是死了男人的寡妇刘美丽
他喜欢一生却嫁给别人最后又成为寡妇的女宾
还有他兄弟的兄弟再加离了婚的他那瘸脚小妹
他说，这是一个人的节日，不需要太多
太多局外人掺和，在稀拉祝贺声里，他声嘶力竭
地唱着刘欢的《从头再来》，吓得满地公鸡母鸡
尖叫着跑得远远的，此时的村庄刚收割完谷子
阳光晴朗，大片白云蜂拥而来，像为他敬生日酒
他从乡长位置退下不到一年，这一年
他觉得像第二个五十年，以前，别人跟他路上
招呼，现他和别人招呼。他还喜欢刮脸

他认为男人应该有张干净的脸，所以从来不留须
所以，他喜欢洗脸，多次告诉那不想娶，后来
又娶了的婆姨，水里加些盐，这样洗脸防皱纹
他喜欢水，洗脸时，他正襟危坐，像举办
一场庄严、神圣的盛大仪式，每次酩酊大醉后
喜与人提及水，话早上的水质朴、善良，通晓世故
晚上的水，温顺，像青梅竹马的情人，撩人心扉
他说这对于一个无业中年男人，——珍贵无比
客居在异乡南方城市，我也爱铁、胶管水龙头
下柔软之水，它也远离衣钵故乡
它也于异乡坚韧而行，犹如铿锵玫瑰

钱利娜作品

钱利娜，女，浙江宁波人，诗歌在《人民文学》《诗刊》等发表，入选各种年度选本。获首届人民文学新人奖等多个奖项。著有诗集《离开》等三部，长篇非虚构作品《一个都不放弃》。

最后的时刻

有人往母亲吐白沫的嘴里塞上棉花
母亲一生最爱干净，他第一次照顾她
她或许更需要一条毛巾的尊严
母亲从不说自己喜欢什么，直到最后一刻

有人怀抱父亲最后一次巡视全家人口的头颅
父亲像一个游客，回一次头
清点他落在人间的遗物
但不能证明死是一杯酒
也可曲水流觞，邀人共饮

有人撑起身子，在最后一刻
亲吻自己的孩子
但不能再多爱一秒
孩子要为脸颊上残存的体温
终生哭泣

这最后的时刻，加倍的冷或热。若把我
驱赶到最后一瞬

祖传的锡壶在壁橱里，辗转了三代红颜
挂钟在墙上，以为可以控制时间
我一生的档案
正放在别人的抽屉里

我已经被这些事物
完全用旧
"西岸之土，复归西岸"
从此无须像河上旧木
为不可能回去的山林
一路漂泊

如果你爱我

请找到我的三十岁
一个倒走的人，一枚后退的时针
要把怀异心的时光拽在身上
肩膀，就慢慢勒出血痕
你不迟不早，刚刚来到
称它为红月亮

你的脚步慢下来，和我一起数雪中麻雀

起起落落，无数逗号
洒向天空
我写给你的信，也只有逗号
句号，是我所惊恐的
就像我惊恐零的身子
滚动着消逝的雷鸣

南方的暮色来临，在告别之前
请亲吻我的双手
它们不来不曾抓住
想要的一切
沧海之中，一粒张开的贝壳
释放着全部的柔软
——她不知道肉身一敞开
就是失败，但吞吐她的海浪从不止步

在我们脚下，一条河流
迎来了倒灌的海水
如此汹涌，谁也没想到在两种气息中
河与海互相探寻、排斥
在翻滚、挣扎之中
像我们一样，融为一体
又各为西东

钱磊作品

钱磊，1985年生，贵州盘县人，有诗作发表于《诗刊》《诗林》等刊物，入选多个选本。获《诗歌杂志》中国"80后"十大新锐诗人奖，贵州诗歌节"尹珍诗歌奖"新人奖，淬剑"80后"诗歌奖。

化妆间记事

事物从来不以完整的词存在
在化妆间，身影雷同
每一种色彩都会面临被否定的命运
台词也无力洞见
我不能说出的是非太多
除了设定盲从的表情
诸多法则，皆不可应对怯场
或许每个人的孤独，都是豢养的猛兽
需要重复去训诫，增加或删减
困境仍未显露全身。如果是声浪涌来
我藏住体内的风，和替身一道回去

风信子或剪辑师

偷学技艺后，尤喜越岭翻山

以为迷途不过是手中的玩具
成长让我们如此相似，露水无语
那是初学者朴素的理想
经过田野，四下静寂
星空如同巨大的手，长满羽翼
我与你温习功课，喜忧全忘
当读到一夜华发，从破裂的茎秆中
绘出地图。我何曾如此黯然
向你谈起的爱情
是我模仿的，途中喧嚣的形体

钱磊作品

徐源作品

徐源，1984 年生于贵州省纳雍县，诗作散见《诗刊》《星星》诗刊等，并入选多种年度选本。曾参加《诗刊》社第 27 届"青春诗会"，获首届"尹珍诗歌奖"，毕节市政府首届"乌蒙文艺奖"等。著有诗集《一梦经年》《颂词》。

印象：撒哈拉沙漠

一粒沙尘抱紧一粒沙尘，蠕动歌声
漫延至无垠。阳光给大地镀上金黄色的
荒芜　孤独　死亡
我脱下衣物，成为蓝天的信徒
像它一丝不挂，吊着干瘪的乳房，两座沙丘
闪烁金刚石般的光芒。
指尖飘落鱼鳞，沙漠的文身
风在望远镜里唤醒单峰驼卸下的骨骼，响铃和呼吸
皈依于一株金合欢
合欢　合欢　从我的身子里
飞出埋葬的鸟儿，在撒哈拉
呼唤一个人遗失在喉头里的名字，枯竭的陨石坑
挖出眼珠　星星　或月亮。
人类把影子刻在岩石，留下无字的诠释
可怕的障碍物，我们不知道自己在哪儿，板着脸的清真寺
在侧面，不着人间烟火
穿越它的贫困和富有　悲伤和欢乐　愚昧和文明。
在绝望中，放下行礼，稍息
说着班图语的黑人，仿佛上帝派来的推销员

手中拿精致的小木雕
眼神充满哀求，我触到他颤抖的双唇。
仿佛他们随口说出的字，都是神秘的经文
可是，在我们内心里的
全被说中，全被感化，像一纸爬满饥饿的牛皮纸
暴露在圣洁的颂歌里。电子地图
我随意放大或缩小人类堕落与高尚交织的肌肤，我迷恋
未曾到过的地方，一生属于它，留下奉献的诗篇
撒哈拉沙漠，我听到的随即逝为沉寂
我看到的随即化为幻影，那里什么也没有
一粒沙尘抱紧一粒沙尘，仿佛
我在冥思中，抱紧了世界微小而灼热的部分

印象：乞力马扎罗山

石屋子走出祭司，看到我晃荡的前世。
玻璃门若有所思，一块天堂的标识牌
麦地滚动绿色的波涛，涌至身边
我不在这儿，轮回的石头，铺开内心浩瀚。
此刻，人类放下尘埃，两手空空
雪在天上，雪的光，从查加女人的白衣流下
照耀牛羊　低矮的树木　除虫菊

夜晚走出的人，他们的牙齿闪烁着黎明
其中一块，落在我的额头
像一面镜子。探险者从绝望中站起
一半蓝一半白，一半沉思一半抒情
无法进入柔软的部分，就像我们
无法触摸金属清脆的响声
银色的狮子，在赤道狂奔、燃烧，征服
辽阔的东非大草原，部落的英雄，旧时的帝王
因为苦难而沉默过吗？
因为动荡而挣扎过吗？因为热爱而呼唤过吗？
从这里爬到天上去，从这里消失或重生
从这里归来，我的嗓子塞着棉花，心在干净的远处
练习飞翔，抓一把雪涂在阳光的墙壁。
酒店外，一位瘦小的孩子踮着脚尖，努力站到
乞力马扎罗山的高度
打量流浪在印度洋上的轮船。

爱松作品

爱松，本名段爱松，1977年10月出生，云南昆明晋宁县晋城镇人。出版诗集《巫辞》《弦上月光》《在漫长的旅途中》。参加《人民文学》首届新浪潮诗歌笔会，《诗刊》社第30届"青春诗会"。鲁迅文学院第24届高研班学员。

时光令（节选）

——致 D.X

立春

我想把土地的呼吸
献祭，让你身上的重量
成为一次，骨裂的新生

之后，吮吸着它
为逝去时代，一个红色
婴儿，暗哑的哭泣

重新啜饮，被死亡遗忘了的
褐色土粒的饱满
和另一道，时光覆盖下
幽闭的门

雨水

储满汁液的铁轨
载着火车，在山岭间
飞奔，来回

这是令两个肉体
叠加沸腾，和潮湿的
唯一方式

也是把我们，撑开
无限平行，并与光滑世界
保持锈蚀的，一滴滴
战栗

惊蛰

有一种金属
不在地上行走
而在地下埋葬

还有光存活它的梦
还有影，游离它肌理
隐秘的节奏

诚如我诸多渴念
许多年，许多人
在你看不见的地方
下着，黑色的棋

梁书正作品

梁书正，1985 年生，湖南湘西人，苗族。作品见《诗刊》《诗歌月刊》《中国诗歌》等刊物，多次在全国诗赛中获奖。

神在我的故乡

神在我的故乡
青青的小果子上，神住在
青嫩的果皮，轻轻跳跃、歌唱
我曾经看见
神——
静静地
我仰望着，果花已经不见了
果子毛茸茸的
奶奶找来一些叶子挡着
不允许指
不允许抚摸
不允许大声说话
这之后
神开始安静了
在奶奶建造的小世界里
神和果实一起长大

梁书正作品

上了年纪的老父亲

现在，他终于和身体里的豹子达成和解了
他坐在阳光中，面色安详，也不点烟了，不训斥了
他平和，没事喜欢抓一把米喂鸡
然后咕咕咕地和它们亲近
他抚摩它们羽毛的手是慈祥的
他叫唤的声音是温柔的
院落多么安静，阳光多么柔和
他和一只鸡蹲在一起，目光怜悯、低垂
仿佛他就是这世间万物的老父亲

董喜阳作品

董喜阳，1986 年生于吉林九台。当代诗人，青年美术评论家。中国诗歌学会会员。作品散见于《诗刊》《星星》《诗选刊》等刊物。获 2014 年度白天鹅诗歌奖、首届关东诗人新锐奖。著有诗集《放牧青春》《万物之心》。

雪落故乡

雪看来是不会停了。在我的
印象中，它的耐力没有这么好
公园的野性涨起来
街道的棉被抽调一半，孩子们的
目光中灌满了雪片
童年，坐在一缕干净的光上
远走的日子向我招手
不再饱满却青春的波纹
沿着河边捡着星辰的勇敢的湖水
揉搓着珠贝红肿的脚趾
这时雪落，我不想依偎火把
抱头哭泣。不想用哭泣完成自己
异乡人掏出迷茫的怀表
指针拨弄麦子的锋芒。故乡的
白发渐冷，像我揣在
兜里的外交辞令。几滴浑浊的
泪水不配流到故乡
我只愿在今夜借着雪的鼻息
擦拭故乡的伤口

藏身的鱼群

相对时间静止的，不仅是苹果
还有危险的寡欢
单行道上的跳蚤潜伏着
汪洋怀里的暗涌，像一场精明的
内伤。宽松的盘子里
医治的动作缓慢，岑寂的黑夜
仿佛手伸进风的花圈
不敢动，我是藏身的鱼群
胎息于海的深处。像一只母性的虫
打破果皮的封锁
苹果和盘子构成的风景，春天
静的陷阱。赶路的不抬头
双脚在虚无中的拔河
似肉身的焚烧把催熟的火把点亮
种子在土里打扮得壮美

敬丹樱作品

敬丹樱，女，生于 1979 年，现居四川江油，供职于某小镇小学。文字偶见于《星星》《诗潮》等，入选多个选本，曾参加《人民文学》第三届"新浪潮"诗会。

那些花一样的名字

脚印只有三寸，一步开一朵莲
跟在生活之后
永远保持低眉顺眼。前半生把一个男人的名字贴在心口
后半生把另一个男人的名字
举过额头

身为花朵，从未被院墙之外的春天收编
泪水凝结成盐。平淡无奇的闺怨，就连一段戏文
也不愿为之立传

偶尔路过祠堂的风，翻开蒙尘的残卷
幽幽念出——
王张氏，李杨氏，刘周氏……
姓氏后面那些花儿一样
年轻美好的名字，在一圈又一圈的年轮里，集体走失

太 小 了

绿荚里的豌豆太小了
山坡上的紫花地丁太小了
青蛙眼里的天空太小了
蒲公英的降落伞太小了
我站在地图上哭泣，声音太小了
原谅我爱着你，心眼太小了

蒋志武作品

蒋志武，深圳市坪山新区作协副主席，诗歌发表于《诗刊》等几百种刊物，入选多个诗歌选本，获奖多次。出版诗集《泥土上的火焰》《河流的对岸》。

我将抱着一只熟稔的耳朵而眠

生活，给我一扇朝北的窗
夏天到来，让故事缓慢
一个叫玻璃的男人，在深山里
抚养一大群孩子
我将抱着一只熟稔的耳朵而眠

孩子出生，发着爱的光
四月被搁置起来，一天的中间
总有一些事物相互连接
为了保持平衡，我必须在白天和黑夜
分别抱着孩子和妻子

当爱忍受炙热和火焰，今晚
没有一个词语更机灵，更饱满地点缀山坡
小草绿着，如心跳
杯子的影像颤抖，我将抱着一只熟稔的耳朵
而眠，如记录者

暗　光

我在屋里睡着，窗外的阳光
闯过树叶的缝隙，落在书桌站立的稿纸上
里面记载一个从黑暗中走过来的
圆形的门
一个人活着，可以如此平凡
像一道平躺的暗光，独自
呼吸尘埃和厌世的空气
消失后，没有圣像

蓝紫作品

　　蓝紫，原名周小娟，女，湖南邵阳人，现居广东东莞。诗文散见《诗刊》《十月》等文学期刊，出版诗集《与蓝紫的一场偶遇》《蓝紫十四行诗集》《别处》。中国作协会员，广东东莞文学院第四届签约作家。参加诗刊社第 29 届"青春诗会"。

废　墟

傍晚走过建筑工地，看见
夕阳的余光中，一排裸露的钢筋
矗立着，仿佛土地里生长出的
一条条毒刺，伸向茫茫苍穹

几个月前，这里还是一小片树林
清晨有露珠从叶片上滴下
小鸟的歌声婉转悠扬
我喜欢在这里
仰头看树叶中细碎的月光
听昆虫在黑暗中细小的鸣唱

现在，零落的砖瓦和石块在夕阳中安静极了
面对未来成为废墟的命运
它们潜伏着
有比我更为长久的忍耐之心

铁　　轨

每一座山都是寂静的
途经的草丛里，暗藏着细小卑微的灵魂
返乡过年的人，脚印重叠着踩上铁轨
他们在拥挤的夹道，坐着或站着，有的干脆躺着
在异乡的城市，这也是他们生存的方式
他们是远离儿女的父母，远离父母的儿女
每一张布满灰尘的脸上，都写着焦渴
渴望着能在春节赶回去，在门上贴一对新春联
亲手点燃守岁之夜的鞭炮，往灶上添一把柴火
希望剪纸做的门神，替他们守护
空荡的庭院，年迈的父母和幼小的儿女
一条条铁轨，像誓言，铺成一级级
回家的台阶
纤细的脚，粗大的脚，在列车上缓慢移动它们的身体
有的头发已经霜白，有的脸上略显稚嫩
仍掩饰不住生活给予的伤痕
窗外，群山也在飞驰
一列火车行驶在夜里
一堆抽搐的废铁，不带任何表情

载着候鸟似的人群
一具具远方的不眠的肉体
穿过旷野，桥梁与河水
与他们的家人相聚
车轮擦拭着轨道发出楼房坍塌的呻吟